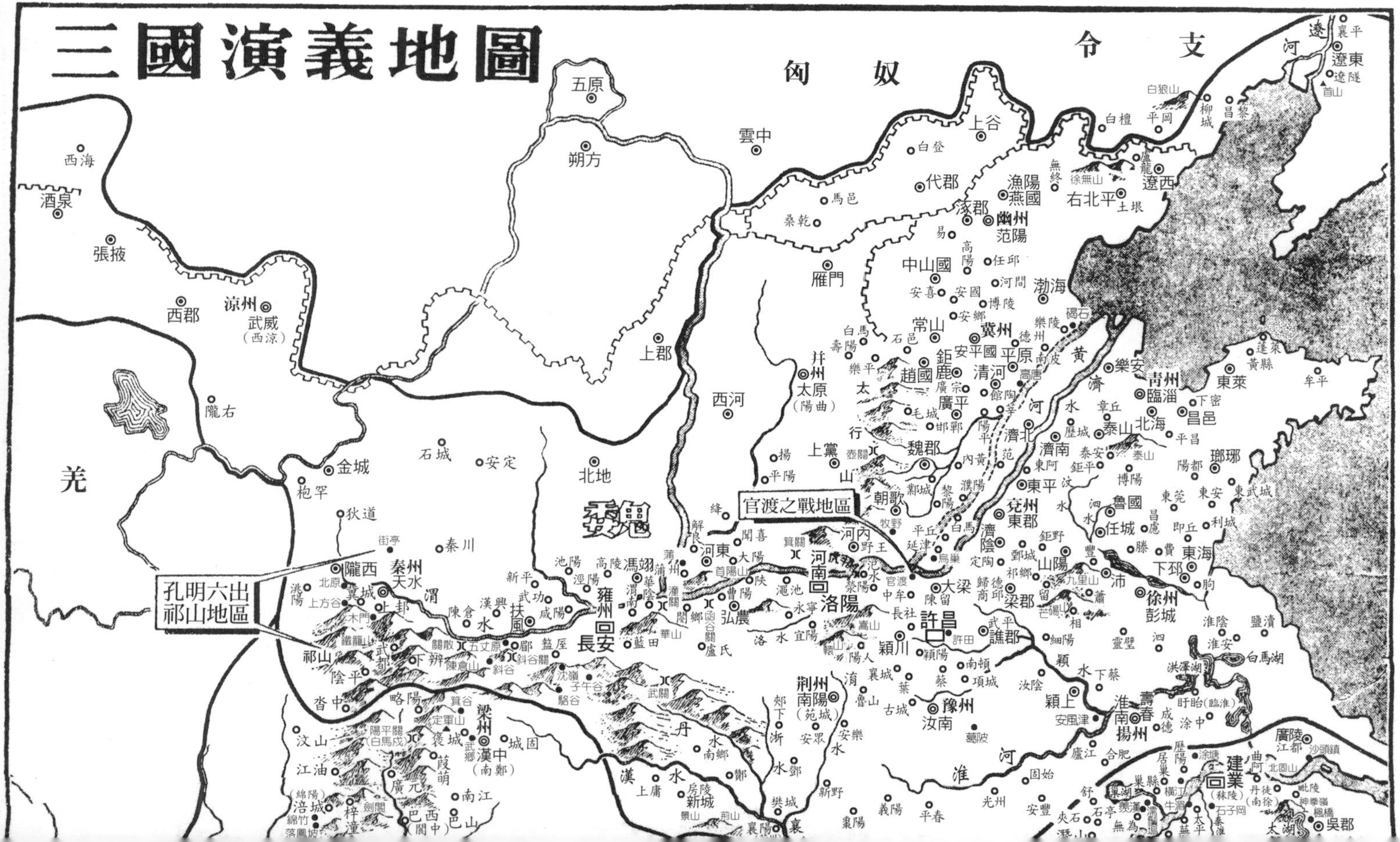
三國演義地圖
匈奴
令支
羌
魏
孔明六出祁山地區
官渡之戰地區
西海
酒泉
張掖
西郡
涼州
武威（西涼）
隴右
五原
朔方
雲中
上郡
西河
上谷
代郡
白登
馬邑
桑乾
雁門
漁陽
燕國
幽州
范陽
涿郡
右北平
遼西
遼東
襄平
遼隧
柳城
昌黎
白檀
平岡
白狼山
徐無山
無終
土垠
易
中山國
高陽
任邱
河間
安喜
安國
博陵
安鄉
渤海
碣石
樂陵
冀州
德州
常山
石邑
白馬
壽陽
安平國
平原
南皮
鉅鹿
趙國
廣宗
清河
高唐
館陶
毛城
邯鄲
廣平
魏郡
并州
太原（陽曲）
樂平
太行山
上黨
壺關
平陽
揚
絳
解良
河東
聞喜
大陽
首陽山
河內
野王
牧野
朝歌
鄴城
黎陽
濮陽
內黃
白馬
平丘
延津
烏巢
黃河
濟水
樂安
青州
臨淄
北海
昌邑
下密
東萊
黃縣
蓬萊
牟平
平昌
泰山
章丘
歷城
濟南
東阿
泰安
鉅平
東平
兗州
東郡
博陽
魯國
任城
濟陰
鉅野
鄄城
定陶
山陽
豐
沛
琅邪
陽都
東莞
東安
東武城
昌慮
即丘
利城
滕
費
東海
下邳
朐
徐州
彭城
金城
枹罕
狄道
石城
安定
北地
秦川
街亭
隴西
秦州
天水
冀城
上邽
北原
上方谷
木門
鐵籠山
祁山
武都
陰平
沓中
下辨
陳倉山
關散
五丈原
郿
斜谷
斜谷關
盩厔
沈嶺
子午谷
駱谷
渭水
陳倉
漢興
扶風
武功
咸陽
新平
池陽
涇陽
高陵
馮翊
雍州
長安
華陰
渭南
藍田
華山
蒲州
潼關
閿鄉
函谷關
盧氏
弘農
曹陽
澠池
陝
永寧
宜陽
洛陽
河南
箕關
汜水
滎陽
官渡
中牟
陳留
大梁
許昌
許田
長社
潁川
潁陽
嵩山
轘
陽人
襄城
葉
南頓
項城
蔡
汝南
豫州
葛陂
汝陰
潁上
安風津
下蔡
穎水
譙郡
武平
歸德
商邱
梁郡
芒碭山
九里山
蕭
相
細陽
靈壁
泗
淮陰
淮安
鹽瀆
洪澤湖
白馬湖
盱眙（臨淮）
成德
涂中
壽春
淮南
揚州
合肥
盧江
居巢
歷陽
巢縣
巢湖
濡須
橫江
牛渚
涂塘
建業
秣陵
石子岡
曲阿
丹徒
南徐
北固山
廣陵
江都
沙頭鎮
毗陵
神亭嶺
楓橋
吳郡
太湖
舒
石亭
夾石
無為
皖
固始
光州
安豐
淮河
平春
義陽
棗陽
新野
樊城
襄陽
鄧
安衆
安樂
南陽（宛城）
荊州
魯山
古城
淯
郟下
淅
丹水
南鄉
鄼
房陵
新城
上庸
景山
荊山
漢水
略陽
箕谷
定軍山
陽平關（白馬戍）
褒城
梁州
漢中（南鄭）
城固
武鄉
葭萌
廣元
南江
巴西（閬中）
巴山
汶山
江油
涪城（綿陽）
綿竹
落鳳坡
梓潼
劍閣

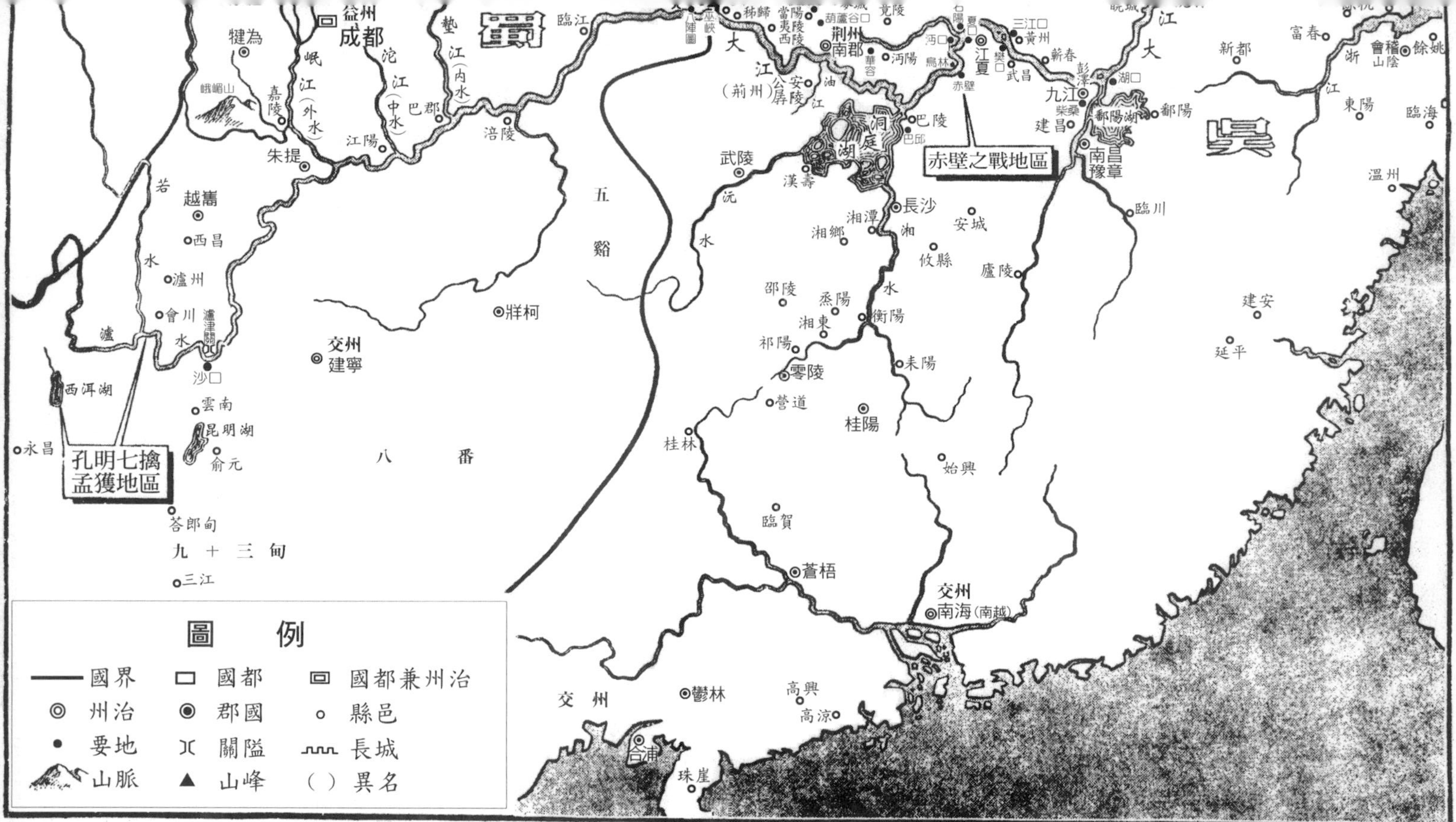
孔明七擒
孟獲地區
赤壁之戰地區
蜀
吳
益州
成都
犍為
峨嵋山
嘉陵
岷江(外水)
沱江(中水)
墊江(內水)
巴郡
江陽
涪陵
臨江
朱提
越巂
西昌
瀘州
會川
瀘津關
沙口
若水
瀘水
西洱湖
雲南
昆明湖
俞元
永昌
䍧柯
交州
建寧
八番
五谿
九十三甸
三江
荊州
南郡
(荊州)公安
孱陵
油江
秭歸
當陽
夷陵
西陵
葫蘆谷口
竟陵
華容
沔陽
烏林
沔口
夏口
江夏
赤壁
樊口
三江口
黃州
武昌
蘄春
彭澤
湖口
九江
柴桑
建昌
鄱陽湖
鄱陽
南昌
豫章
臨川
洞庭湖
巴陵
巴邱
武陵
沅水
漢壽
長沙
湘潭
湘鄉
湘水
安城
攸縣
廬陵
邵陵
烝陽
衡陽
湘東
祁陽
零陵
耒陽
營道
桂陽
桂林
始興
臨賀
蒼梧
南海(南越)
鬱林
高興
高涼
合浦
珠崖
大江
新都
富春
會稽
山陰
餘姚
浙江
東陽
臨海
溫州
建安
延平
圖例
國界
國都
國都兼州治
州治
郡國
縣邑
要地
關隘
長城
山脈
山峰
( ) 異名

文/吳

畫說
三國人物

聯

謹以本書
獻給我
走過動亂歲月的母親
竇秀英女士

代序——緬懷三國人物

吳桃源

台灣學海書局於民國六十六年（一九七七）出版了厚厚一大冊第一才子書《繡像全圖三國演義》，此乃最初刊行於康熙年間的毛本（毛綸、毛宗崗父子），卷首有金聖嘆序及讀三國志法凡例，共一百二十回。其中除了每回均附有相關情節的繡像圖外，還有卷首的二十六幅七十八人物圖（每三人一圖），印刷精美，人物服飾、面部表情，清晰可見。雖然此類後加的人物圖在敘述情節上無法和每回一圖的繡像相比，但當初繪此圖的木刻家多基於對三國人物的熟悉，才選製了這組七十八個代表人物。由此可知中國古典叢刊所附插圖的發展進程，由每回情節為主轉向單獨人物刻畫。

觀中國的繡像工藝，最早起源於南北朝，當時以絲絨繡出的佛像畫，不僅量大，也以甘肅敦煌石室中的佛繡像最具代表性（可惜後來均為英國人斯坦因盜走）。到了明朝，繡像為因應小說與戲劇情節的需求，開始加入一般人物，慢慢地也有了以線條勾勒的木刻版畫，因此「繡像」亦有「繡梓」之稱，如有名的《繡像三國志通俗演義》。

翻閱《繡像全圖三國演義》，每每使我想起小時候，跟隨父親看平劇中的三國人物，那時印象最深刻的，除了劉備的仁厚、關羽的忠義、張飛的豪爽、孔明的機智、趙雲的赤膽，還有曹操與司馬懿的奸滑。這些歷史人物經一代代民間藝人的傳唱，不僅生命力持久不衰，同時也逐漸演化成某種典型人物的代表。以曹操與司馬懿為例，在羅貫中的《三國演義》中，他們雖非全然的負面人物，但透過民間藝人的演唱效果，其奸詐形象已深植人心。同樣地，劉備、關羽、張飛、孔明也在歷史光環的照耀下，淡化了許多個性或策略上的疏失。當然，這正是三國人物好看的地方。因為無論是正史記載或野史流傳，在虛虛實實中，每個人物的特點都可以重新加以檢視，並成為新一代人玩味的好素材。

基於此，筆者擔任台師大國語教學中心《三國演義》課程指導時，除有幸與外籍學生交換東西方對三國歷史與人物之不同觀點外，更因日韓學生普遍接受《三國志》的敘事觀點，於是在討論《三國演義》的小說情節時，往往出現極大的落差。比方對魏蜀吳的整體評價，他們較不受以蜀漢為正統的歷史觀影響，反而擅從軍事策略或人格特質去推論曹操、劉備、孫權的功過。因此讀《三國演義》時，就有必要對《三國志》做同步研究，如此方式也賦予了三國人物豐富的面貌，這其實很有趣。因此這本書的寫作角度就這樣定下來了，可以說是以一種較輕鬆的方式讓《三國演義》、

《三國志》以及現代人（東西方學生）同時發聲，並進行一場跨時空的對談，雖然羅貫中與陳壽不在現場，但他們的著作就是手中的麥克風。

此外，之所以以《繡像全圖三國演義》卷首的二十六幅木刻圖作為人物解說依據，這需要解釋一下。儘管此圖中人物姿勢、衣帽服飾與所持兵器難免重複或謬誤（如甘寧與太史慈均善射，手中卻握著戟與矛），但其最大的優點就是比繡像圖清晰許多。鄭振鐸先生曾對此類刊於古典叢書卷首且後加的木刻圖有一些看法，他認為這類插圖到了清代已不似明朝那麼洋洋灑灑受重視，頂多只是聊備一格罷了（《中國古代木刻畫史略》）。雖然如此，此類木刻畫還是有其發展上的意義，就是如筆者前述：由故事情節轉向人物主題。以《三國志演義》的人物插圖為例，坊間曾出現有一圖一人、一圖三人，甚或一圖五、六人者，作為一部上千人物的古典小說，畫家的依據為何？顯然是以指標性（或重量級）人物為描繪對象，這就有其代表性的意義。觀這套二十六幅圖的七十八個人物，雖屬乾隆以後的木刻，但因置於康熙年間刊行的《繡像全圖三國演義》卷首，兩相對照之下，繡像因年久已殘鈌不全、糢糊不清，不得不以木刻人物為考量，在此特請讀者包涵外，還要藉此圖的重現向歷代許多默默無聞的木刻家致上最高的敬意。

最後，本書稿的完成要感謝台師大國語中心周中天主任對《三國演義》課程的支持，以及人間福報覺涵法師與如宣法師的邀稿，得以先在縱橫古今版連載。

後在聯經出版公司發行人林載爵先生的鼓勵下，每篇再由一千字增為兩千字，因此前後多花了一點時間修稿。由於三國已是中外顯學，名家輩出，在此還望先進賜正，不勝感激。

目次

漢獻帝
伏皇后
董承

一、漢獻帝、董承、伏皇后

漢獻帝劉協乃東漢最後一個皇帝，雖在位三十二年，前期因群雄逐鹿、軍閥割據，飽受顛沛流離之苦，直到建安元年（一九六），曹操將其由洛陽迎至許都，才得以安定。但也從此過著長達二十五年，既無實權，又無自由的囚禁生活。儘管建安四年（一九九）與建安十九年（二一四）宮廷內曾先後發生國舅董承與伏皇后密謀誅殺曹操事件，但反撲的力量很快就被曹操制伏，由此可知，東漢傳至獻帝，不論是在初期董卓把持時，或中後期曹操挾制下，政權均早已名存實亡。

董承事件在羅貫中的《三國演義》中，可謂描寫得極為細膩完整的一段，一共用了三回的篇幅交代事情的來龍去脈。從第二十回開始，歷經二十三回與二十四回才結束，極力凸顯了曹操對獻帝的不敬與逼迫。

事發主因是曹操請天子田獵，其馬與天子並行，且討借天子寶雕弓與金鈚箭射鹿而不還。此事引發獻帝不悅，回宮後，告知伏皇后。伏皇后父親伏完建議召見國舅董承，託以討賊重任。於是獻帝寫下血書，將密詔藏於玉帶內，賜予董承攜出，進行「殄滅奸黨」的計畫。不料董承事洩，遭處斬，累及三族，其女董貴人為獻帝妃，懷孕五月，亦遭絞殺。此即有名的「衣帶詔」事件。

建安五年春正月，董承事件平息後，第二波的伏皇后反撲事件在十五年後上場。那時曹操已官至魏公，榮加九錫。獻帝與伏后每見操，均膽戰心驚，如坐針氈。後又聽說曹操欲自立為王，伏后遂請其父伏完親自密謀誅曹的計畫。不料此信（與孫權、劉備連結的計畫）為曹操截獲，伏完家族首先遭殃，接著伏皇后被迫交出玉璽，為亂棒打死，二皇子亦遭酖殺。

次年（建安二十年）正月，曹操女繼為皇后。獻帝徹底被孤立（《三國演義》第六十六回）。

與陳壽的《三國志》相對照，羅貫中在董承事件中設計的田獵一段，立場明顯表達對獻帝的同情。其實，東漢末年在桓、靈二帝的昏庸統治下，內有宦官外戚的干政，外有黃巾之亂（大陸稱農民起義），士大夫與百姓階層早已苦不堪言，對天子存幻想的人不過是正統觀念在作祟罷了。羅氏苦心孤詣地演繹出對曹操不利的細節，目的就是為了維護蜀漢正統的賡續地位。儘管曹操曾在建安十五年（二一〇）發表聲明上還所封三縣以自明本志（《三國志・武帝紀》注引《魏武故事》），說自己並無代漢之意。但從他一死（建安二十五年），曹丕很快就篡漢來看，這是「此地無銀三百兩」的笑話。（不過柏楊先生在其《柏楊版資治通鑑》則認為曹操的「自明本志令」光明磊落，字字真摯。大陸三國史專家馬植杰先生則要讀者仔細推敲，莫為文字所矇蔽。）也就是說，今天我們看羅氏虛構並醜化曹操的部分，雖然同情的是失勢的漢家天子，但其實這些天子的所作所為是早已不得民心了。

至於伏皇后事件與史實不同處在於：伏完未行動前早於建安十四年辭世，並非洩密被殺（《後漢書・皇后紀》）；且伏皇后是被廢黜幽禁而死（《三國志・武帝紀》），而非亂棒打死。羅氏為加深伏氏家族的劫難，難免有了引人同情的想像。

現代人看獻帝時兩起反撲（曹操）事件，不過是一場外戚參與的皇權保衛戰，這其實不陌生，只是很可悲，中國長達兩千年的君主專制，總是在不斷內鬥中消耗了國力，浪費了人才。以短短不到百年的三國史為例，從東漢靈帝中平元年（一八四）黃巾之亂開始，到司馬炎取得政權，建立西晉（西元二六五年，滅吳則在二八〇年），這其中蜀漢、曹魏、東吳之間的大小戰役，死去多少將領、兵士、百姓，尤其是作為主要戰場的北方，其地面建設破壞的程度以及人才的流失可以想像。因此雖有史學家喜從競爭的角度去看三國人才的輩出，但畢竟一場皇權保衛戰所擴及的層面，不僅有貴族與士大夫階層的滅三族、九族之禍，連平民百姓也慘遭池魚之殃。

以董卓挾持獻帝把持朝政的那三年（一八九—一九二）為例，因政治動盪不安，先有牛輔（董卓女婿）軍隊為黃巾所敗，後有袁紹為首的關東軍欲以「董卓倒行逆施、不得民心」為名加以討伐，這使得獻帝所在地的首都洛陽備受威脅，董卓遂有遷都之議。他首先下令燒毀洛陽二百里內所有宮殿、廟宇、政府機關與民房，並挖掘歷代陵寢所藏珍寶，再強迫數百萬洛陽人口西遷，此舉不僅使得一座有六七百年（東周、東漢）歷史的文化古都毀於一旦，而且西遷長安時，董卓軍隊沿路驅趕鞭笞，百姓遭受虐殺的慘狀，可以「積屍盈路」來形容。

這就是一個國家長期處於內鬥，無論是士大夫階層或小老百姓都無法自保的悲劇。

儘管三國一開始就是一個打打殺殺的世界，而多數人亦專注於政治謀略以及戰略運用等議題，因此現代人要從這樣一個充滿競爭與掠奪資源的歷史時空中，關注於相對弱勢的平民百姓，其實並不討好。但最起碼從此刻的台灣來看三國，最能穿越歷史時空，感同身為小老百姓的悲哀與痛苦。

因為從三國到今天，在上位者的爭權奪利從未停止過，而國家因內鬥對整個社會所造成的動盪不安，一樣可以從百姓福祉與權益受損所引發的的社會不公不義等問題，看到人類不斷複製的「業」——自殺、虐殺、報復、歧視、仇恨、暴力等，還在眼前循環。

三國因國力虛耗，最終為西晉統一，而西晉又為五胡亂華所滅，這是歷史的必然性。同樣地，小小的台灣，在前人累積的資本上，也不斷地在虛耗國力，最後是否禁得起如三國般的百年內鬥，不敢想像。不過幸運的是歷史已告訴我們，大凡所有國家經長期內鬥出現的積弱不振，必定為更強的對手所覬覦吞噬。這也正好印證了《三國演義》開宗明義第一章所說：「話說天下大勢，分久必合，合久必分，……」身為台灣的升斗小民，屆時大約只有買單的份兒。

呂布
貂蟬
董卓

二、董卓、呂布、貂蟬

《三國演義》第八回中有許多中國人耳熟能詳的故事，除了「連環計」、「鳳儀亭」，再加上第九回「誅董卓」的戲碼，就成了董卓、呂布、貂蟬三人的完整情節，當然這裡面還有一個不可忽視的人物，就是穿針引線的王允。

漢靈帝中平六年（西元一八九年），董卓廢劉辨，另立劉協為獻帝，次年將國都遷往長安。呂布原屬丁原手下，見利忘義，於初平三年（一九二）殺義父丁原後，轉投握有實權的董卓。兩人關係由敵人變成父子。一次呂布因小事得罪董卓，卓隨手以戟擲之，呂布躲過，但從此懷恨在心。後又因與董卓侍婢私通，擔心事發，以此告知同鄉王允，王允見機不可失，乃策反呂布。同年夏四月，呂布即利用董卓入朝之際，刺殺了董卓。此為正史（《三國志》、《後漢書》、《資治通鑑》）中的情節。

和正史相比，《三國演義》不僅將侍婢寫成了貂蟬，而且誇大了王允的事蹟。雖然宋元以來民間戲曲已有了貂蟬這個角色，如「連環計」、「鳳儀亭」、「呂布與貂蟬」，但這樣一個「美人計」為何竟成了千古傳誦歷久不衰的情節？

首先是和它的敘述結構有關。《三國演義》從一開場（第一回到第七回）就不斷上演宮廷內鬥以及戰爭場面的戲碼。但是到了第八回，突然出現了一位貌美的歌伎貂蟬，擔任色誘呂布與董卓的角色。其過程緊張刺激可媲美現代版的「〇〇七情報員」。最後貂蟬果然不負眾望，借呂布之手誅殺了董卓，這樣一個扣人心弦的故事，不僅有浪漫可期的三角戀愛，還有迂迴曲折的鬥智情節，甚至和《三國演義》血腥暴力的戰爭主軸成了極大的對比，如何不讓人眼睛一亮？

其次是和王允的事蹟有關。在《三國演義》中，王允成了「連環計」的導演，貂蟬則是領銜演出的女主角。王允首先設計呂布與貂蟬相見，俟呂布上鉤後，即允諾將貂蟬配與呂布為妾。接著再邀董卓宴飲，貂蟬舞而誘之，卓驚為天人，王允隨即將蟬送入董府。呂布得知後，責問王允言而無信，王允佯裝董卓強行逼迫，不便拒絕。呂布只能怒火中燒。一日趁董卓不在，與貂蟬相會於鳳儀亭。不料董卓返回撞見，以戟射向呂布，布閃身擊落，兩人遂現嫌隙。最後王允伺機以「殲滅賊臣、共扶漢室」為由，向呂布曉以大義，借其手誅殺了董卓。

其實正史中，王允只在最後關頭出面邀請呂布共商大計，根本沒有什麼連環計的情節。因此虛構了貂蟬、誇大了王允的部分，反而要感謝羅貫中的生花妙筆，沒有他的演繹，貂蟬的女間諜形象以及王允縝密的幕後指導不會如此永恆地停留在我們腦海中。至於呂布與董卓，在這場「美人計」中，充其量不過是兩個爭風吃醋反目成仇的父子罷了。

羅貫中昇華了貂蟬與王允的愛國形象，不僅是這個「美人計」好看的主因，而接連讓兩個好色男中計，又使得這個充滿溫柔陷阱的「連環計」有別於赤壁之戰中龐統巧授曹操，將戰船以鐵環鎖住的剛強殘忍的「連環計」（《三國演義》第四十七回）。因此現代人之所以對貂蟬主演的「美人計」念念不忘津津樂道，就在於女主角是由一位貌美的家伎（或侍婢）蛻變成一位借刀殺人的成功殺手。這樣的情節或劇本從春秋時代的西施一直演到今天李安的電影「色，戒」（二〇〇七）。李安尤其可笑，跨越了半個世紀，竟然找出張愛玲寫於一九五〇年的短篇小說「色，戒」，而張愛玲又演繹自抗戰時期女大學生鄭蘋如扮情報員色誘漢奸丁默邨失敗殉國的故事。從古代版的美女西施與貂蟬完成任務，到現代版的美女鄭蘋如以身殉國，無論成功或失敗，她們都因共同的理由——愛國，而永留青史。

羅貫中當初看宋元戲曲故事，選擇保留貂蟬這一角色，並加以昇華，這種做法不僅承載了歷史中對女性的厚望（其實是一種政治正確），同時也對後世影響深遠。因「美人計」除了傳達忠君愛國的思想外，還將美女色誘的汙名加以除罪，難怪這樣的題材同獲二十世紀的張愛玲與二十一世紀的李安青睞。

時至今日，「美人計」已不再單一地服膺國家或政治，並早為各種領域慣用的技倆，有人認為這未嘗不是新一代女性自主的象徵與反撲。不過只要深究「美人計」，無論古今，基本上都代表女性被物化的程度——有如修長完美的芭比娃娃與溫柔無嘴的Hello Kitty。新女性雖具獨立思考能力，不再屈從國家意識從事諜報工作，不過難保現代社會充滿商業消費的物化結構中，讓新女性又再度掉入陷阱而不自知。從坊間「美容整形」、「抽脂塑身」的各項宣傳中，不難看出這是另一種現代版的「美人計」，要全體女性服膺一種量身訂做的標準規格，而且絲毫無誤。

因此，再回頭看歷史上的貂蟬，儘管是虛構，其單純的創作動機——愛國主義，卻將一個女人的美由外而內地昇華了，這恐怕才是許多人追憶的主因。相對地，以現代手法炮製出的標準「美人」，不僅還在外表上打轉，也看不出有提升「美人」內在智慧或獨立思考能力的可能，這和歷史記憶中服膺忠君愛國思想的美人貂蟬相比，證明女性被物化的程度，除了古今不同外，今天的女性並未因此而更自覺——如何先做人，再選擇自己想做的不同類型的女人。

昭烈帝
張桓侯
關壯繆

三、昭烈帝、關壯繆、張桓侯

「昭烈帝、關壯繆、張桓侯」為劉備、關羽、張飛的謚號，繪圖者以此尊稱三人，可知他們在後世人心中的份量。（不過據金性堯先生在其《三國談心錄》中對關羽謚號的解釋：武而不遂、死於原野曰壯，名與實乖曰繆。應知壯繆並非美謚。）其實劉備、關羽、張飛從桃園三結義開始，立誓「上報國家，下安黎庶；不求同年同月同日生，但願同年同月同日死」，這樣的兄弟之情，不僅代表著他們一體的命運，甚而他們性格中的特質——仁厚、忠義與豪爽，也都成為影響彼此成敗的關鍵。

羅貫中在《三國演義》中用「陶謙三讓徐州」、「劉表讓荊州」以及「從劉璋領益州牧」來描述劉備的堅辭不受與情非得已，都讓我們見識了他的仁厚。但偏偏這樣「寬和」（羅氏語）、「寬厚」（陳壽語）的性格遇到關羽大意失荊州且遇害時，不僅護自己兄弟之短，還傾全國之兵攻打東吳為關羽報仇。結果在彝（夷）陵大敗，使得蜀漢元氣大傷，自己更因無顏見江東父老，病死於白帝城。現代人看劉備一生，最大的敗筆就在這「以私害公」（趙雲語）以及「捨萬乘之軀而循小義」（秦宓諫）上。但很多三國專家還是想替劉備說句公道話，說他別無選擇，只能為弟報仇，否則無法回報關羽一生對他的忠義，這就是桃園三結義的悲劇宿命。

再看關羽的忠義表現。漢獻帝建安四年（一九九），劉備北投袁紹，關羽困守下邳，為曹操所擒，操厚待之，關羽離去前，斬了袁紹手下兩員大將顏良、文醜作為回報（按《三國志》，文醜為曹軍所斬），但此事卻差點讓劉備命喪袁紹手中。建安二十四年（二一九），劉備佔有巴、蜀、漢中之地，關羽在荊襄水淹于禁七軍，斬了龐德，大獲全勝，此舉使東吳孫權產生警覺，決定要回荊州。但關羽不僅忘了諸葛亮交代的八字箴言「東和孫權、北拒曹操」，還嚴詞拒絕孫權的提親（欲將其子與關羽女結親），傷了兩家和氣後，終於在兵敗退守麥城，前往上庸途中為東吳將領所追殺。關羽的荊州之敗不僅讓人扼腕不已，而且他寧死不降孫權展現了對劉備的忠義，這雖使他成為後世的典範，但此役之敗卻也讓劉備付出了慘重的代價。一是從此蜀漢失去進可攻退可守的軍事重鎮荊州，二是劉備傾全國之力為其復仇的不智。前者使得後來諸葛亮北伐不僅曠日廢時，而且多因糧草不繼，無功而返；後者則導致蜀軍損失慘重，國力大傷，伐吳後兩年的劉備之死更加深了關羽荊州之失的嚴重性。

至於莽張飛，很多人對他一上場就「怒鞭督郵」（《三國演義》第二回）印象深刻，其實在《三國志》中，打人的是劉備，而不是他。至於建安十三年（二〇八）的當陽常阪橋之吼：「我乃燕人張翼（益）德也！誰敢與我決一死戰？」嚇退曹軍一幕，確實成了他個人永恆的標記。此外還有建安十八年（二一三）攻克劉璋的巴郡，生擒太守嚴顏，又義釋之；以及建安二十年（二一五）以計謀敗曹操大將張郃於巴西。這些英勇事蹟都讓人對張飛豪爽之外的智慧表現眼睛一亮，只可惜張飛死於非命，為手下叛將范疆、張達所刺，這不能不讓人想起劉備與諸葛亮多次規勸他不可鞭笞士卒的警告。因此張飛之死（二二一）雖晚於關羽之死（二一九）兩年，但在西元二二二年傾全國之兵為關羽與張飛報仇失敗的劉備，次年亦死於白帝城，三人的接連去世，不僅是一齣命運共同體的悲劇，也讓人感慨他們的性格特質影響彼此命運是如何的深遠。

看劉備仁厚卻失於護短，關羽忠義卻失於剛愎，張飛英勇卻失於粗暴，這些都或多或少導致了無法彌補的憾事發生，現代人無論是看桃園三結義或《水滸傳》中宋江與眾家兄弟之情，在某種程度上其實都是相似的。以黑旋風李逵多次擅離梁山惹出事端來看，宋江這個大哥除了斥責外，還得為其收拾善後。這種超越手足之情的異姓結拜兄弟的江湖義氣，到今天還可從黑社會幫派組織窺其餘緒。

一群志同道合的男性成群結伴地稱兄道弟，為顯示其真誠，他們選出老大，一切唯老大是從。看起來像是國家社會的雛型，不過如何制約每個人，就需要老大的智慧了。多數的時候，老大出面善後料理下屬的失職，反讓我們看到他們的兄弟之情有時是循私的。也就是說，個人的行為在團體中獲得包庇的可能性要大於國家法律的制裁，就像劉備為關羽大意失荊州所做出的善後處理——傾全國之兵去攻打東吳。這種包庇之情衍生出的後遺症，就是缺乏反省能力。如李逵一而再再而三地偷跑下山或偷吃酒，讓宋江及其他兄弟無可奈何不說，居然還有人為他求情。西方人從《三國演義》、《水滸傳》中都看得出來中國傳統社會一直默許這種江湖義氣的存在，這使得個人行為不但可以免於國家法律的制裁，還藉此衝撞社會普遍存在的不公不義，換取民眾的同情。於是就有更多的人在犯案之後情願落草為寇，成為俠義小說中所謂的「英雄好漢」。若按司馬遷對「俠」的定義：「其行雖不軌於正義，然其言必信，其行必果，已諾必誠，不愛其軀，赴士之阸困，既存亡死生矣，……」（《史記‧遊俠列傳》）顯然中國的英雄好漢有「不軌」的一面是可以接受的。一位西方學生對此說得好，中國的英雄好漢就像西方的唐吉訶德，雖有理想，不過是一群較有義氣、有原則的「江湖中人」罷了。

二十世紀初的魯迅，對此也發表過看法，說中國社會到處充滿「三國氣」。言下之意，今天的中國人還在渴望並推崇這種異姓結拜的兄弟之情——到底有兄弟做靠山總比單槍匹馬一人奮鬥有用得多。不過此事難逃現代人的法眼，因為這群英雄好漢說穿了，原都是一些有反社會行為傾向的人，出了事，只能找兄弟幫忙解決，於是循私包庇或賄賂官員，時有所聞。一個沒有反省能力的團體，個人也無須受到法律的制裁，這個社會是脫序的，如何追求進步與公平正義？

從劉、關、張的兄弟之情影響蜀漢國運，可知中國人遵循的座右銘「四海之內皆兄弟也」，成則足以興一國，敗則足以亡一國，蜀漢即是一例。

諸葛武侯
張苞
關興

四、諸葛武侯、關興、張苞

在《三國演義》中，諸葛亮是直到第三十八回才上場。這樣一個神秘人物，一出場果然不同凡響——面如冠玉，頭戴綸巾，身披鶴氅，飄飄然有神仙之概。先是幫劉備分析天下大勢，定出隆中對策，以荊州為基地，再圖益州天府之國，確立鼎足之勢後，再逐步完成復興漢室的統一大業。雖然他從二十七歲（西元二〇七年）經劉備三顧茅廬請出臥龍崗，到五十四歲（西元二三四年）病逝五丈原（陝西郿縣西南），隆中對策只完成了一半——三分天下，但他的路線在接班人蔣琬、費禕、姜維等人嚴格執行下，使弱小的蜀漢在兩大集團（曹魏、東吳）傾軋下，國祚又延續了三十年，直到西元二六三年劉禪投降才亡，這很明顯是諸葛亮生前輔佐劉備十七年與劉禪十二年，為蜀漢前期打下了堅實基礎的成果。

在第一階段輔佐劉備的那十七年（二〇七—二二三）中，首先是赤壁之戰，諸葛亮出使東吳求援，借得孫權三萬軍力，使曹操兵敗北遁後，三分天下正式揭開序幕。之後劉備西進入蜀，諸葛亮與關羽留守荊州，無後顧之憂後，亮再與張飛、趙雲率兵攻克成都，助劉備取四川稱帝。後因關羽的荊州之失，諸葛亮力阻劉備攻吳無效，彝（夷）陵之戰蜀漢慘敗，元氣大傷，劉備病死白帝前將國事重託諸葛亮。

第二階段輔佐劉禪十二年（二二三—二三四）中，先是恢復蜀吳聯盟，使得魏吳決裂。接著率軍南征，平定少數民族叛亂，並以南方礦產與牛馬供給蜀漢戰備所需。再來就是北伐，完成統一大業。從西元二二八年到二三四年的六次（亦有七次之說）北伐中，可謂諸葛亮生命中最重要的一個階段。在第一次北伐前夕，雖然出現了路線之爭（魏延建議由子午谷斜取長安，十日可破；孔明則寧走隴右平坦大路，萬無一失），而且馬謖的街亭之敗，亦源自諸葛亮用人之失。但在多次北伐中，諸葛亮為搬運糧草所設計出的木牛、流馬，以及制敵先機的連弩箭法，均展現了爭取時效的巧思。儘管北伐最後沒有成功，諸葛亮不因蜀漢弱小而主動出擊的雄心壯志，以及「鞠躬盡瘁，死而後已」的高貴品格，都成了典範中的典範。尤其是他留下十萬餘字的著作（軍紀、兵器、陣法等），亦成為歷代軍事家不斷鑽研的兵書。

至於關羽、張飛死後曾隨劉備東征以及諸葛亮北伐的關興（關羽之子）、張苞（張飛長子），其實在《三國志》中都死得很早，但羅貫中為延續關羽的忠義、張飛的英勇，創作了關興、張苞隨軍出征為父報仇的高潮戲。不僅兩人殺敗孫桓率領的東吳兵，而且關興還在關公顯靈下，斬了東吳將領潘璋、馬忠（擒關羽者），為父報了仇。而張苞亦因東吳送還張飛首級，且將范疆、張達（殺張飛之二叛將）綁縛送回處死，了卻了心願（《三國演義》第八十三回）。

西方人看關興、張苞為父報仇這一段，覺得無可厚非。倒是對羅貫中安排關公顯靈，助自己兒子一臂之力，順利復仇，反覺不可思議。其實傳統中國社會的復仇思想，有其背後的五倫關係（君臣、父子、夫婦、兄弟、朋友）支撐，除非這層關係鬆動，否則報仇雪恥的觀念還會受一般人的肯定。像關公顯靈雖然帶有宗教意味，可是就因為關興是銜著「父仇」的神聖使命，所以當關羽的靈魂出現時，不僅受到普羅大眾的喝采，也具當時社教功能的意義。這樣的例子在西方其實也有莎士比亞名劇〈哈姆雷特〉可媲美——父王顯靈告知王子自己被害的經過。只是無論東方或西方，這兩部偉大的文學作品並沒有在此提倡「寬恕」的情操（有人認為寬恕是一種做不到的理想，復仇反而較符合人性），反而一致地藉顯靈表達了復仇思想與因果報應觀，這是否可以看出人性中也有一種無法提升或掩飾的墮落本質——報復？就像「父仇不共戴天」、「此仇不報非君子」、「君子報仇三年不晚」等所傳達的意義，已內化成中國人的一部分，無法切割。

至於中國人看關興、張苞追隨諸葛亮這一段，除了對二子復仇成功鼓掌叫好外，最重要的是對桃園三結義的未竟之志「復興漢室、統一中原」寄予厚望。羅貫中抓住了群眾心理，藉此機會撫慰了大家對劉備、關羽、張飛的懷念，也虛榮地滿足了所有人對「蜀漢後繼有人」的期待，這雖是符合中國人的需求之作，但拿到國際社會來討論，未免有誇張之嫌。這也是日、韓學生始終將《三國演義》視為適合中國人讀的小說，而非他國人士在接觸《三國志》之後有必要再研讀的鉅作之理由。

馬超
趙雲
黃忠

五、馬超、黃忠、趙雲

馬超、黃忠、趙雲是「五虎將」中的三員大將。所謂「五虎將」的說法，出自《三國演義》第七十三回。那時曹操已棄守漢中，遁走長安，劉備在眾人擁戴下，於建安二十四年自立為漢中王，大賞三軍，封諸葛亮為軍師，關羽、張飛、趙雲、馬超、黃忠為五虎大將。不過《三國志》中並未如此記載，顯然係羅貫中據民間說法加以演繹一番。

如果以劉備自立為漢中王（西元二一九年）的時間為基準來看，馬超死於西元二二二年，黃忠死於西元二二〇年，兩人追隨劉備的時間其實都很短。但為什麼兩人的知名度不僅不亞於趙雲，甚而有人還將馬超與黃忠的排名置於趙雲之前？

先看馬超，他是在建安十九年（二一四）歸順劉備的。之前曾率西涼軍與曹軍大戰於潼關（陝西境），嚇得曹操割鬚棄袍（《三國演義》第五十八回），而且還讓曹操大將許褚裸衣與其苦戰百餘回（第五十九回）。最後一場與張飛在葭萌關（四川昭化東南）夜戰的戲，還引出劉備一句「人言『錦馬超』，名不虛傳！」的美譽。這三場高潮戲，都發生在歸順劉備之前，雖屬虛構，其驍勇善戰已深入人心。

再看歸順後的馬超，建安二十二年（二一七），曾與張飛在武都（甘肅成縣）進攻曹軍，可惜為曹洪所敗；建安二十四年（二一九），馬超為左將軍，劉備稱帝後，升為驃騎將軍，領涼州牧。三年後病故於陽平關（陝西勉縣西北）任上。由此可知，馬超的知名度應是言過其實，不過他率領少數民族歸順劉備，有激勵士氣的作用，衝著這一點，羅貫中總要誇張一下他的神勇。

至於黃忠，原屬荊州劉表手下，赤壁之戰（西元二〇八年）後，劉備拿下江南四郡時歸順。在《三國演義》中有關他歸順的那一段——關雲長義釋黃漢升（第五十三回），讓人印象深刻。只可惜不見史實。倒是他跟隨劉備入蜀後，有幾次建功的記載。一是建安十七年（二一二）攻打成都的劉璋，平定了益州；一是建安二十四年的定軍山（陝西勉縣城南）之役，斬了夏侯淵。

和馬超相比，歸順後的黃忠反倒立了功勳，但也因為如此，當劉備將他由討虜將軍升為征西將軍，再升為後將軍時（關羽為前將軍），不僅惹毛了關羽，不願與他同列，連諸葛亮亦勸劉備應多加考慮。也就是說黃忠追隨劉備入蜀七八年，雖屢有戰績，但聲望與所受的封號其實是不符的。因此儘管老黃忠名列「五虎將」之一，他的排名到底應在馬超之前或之後，恐怕就有得吵呢！

趙雲是從建安五年（二〇〇）官渡之戰後開始追隨劉備的，直到建興七年（二二九）去世，可以說把一生最精華的歲月都獻給了劉備。首先是建安十三年（二〇八）當陽長阪坡之役，冒死救出甘夫人及阿斗，立下「單騎救主」不朽的典範。接著是建安十九年（二一四），隨諸葛亮、張飛入蜀，助劉備攻益州，平定成都有功。其次還有建興六年（二二八）諸葛亮第一次北伐，馬謖失街亭後，趙雲在箕谷（定軍山之北，今陝西褒城縣北）遭遇強大的魏軍，後因親自斷後，部隊錙重得以安返成都。從以上史實所載的三件事來看，趙雲應屬臨危不亂型。和馬超言過其實、黃忠名實不副相比，趙雲的救火隊角色反而較符合他的英雄本色。

此外，趙雲兩次直諫劉備的行動也令人肅然起敬。一次是建安十九年（二一四）劉備攻取益州，拿下成都，欲以田地分封有功諸將，卻遭趙雲反對。理由是益州人民慘遭兵燹，理應歸還所屬田宅，如此方能安定民心。一次是章武二年（二二二）討伐孫權殺關羽之戰，趙雲反對的理由是曹操才是國賊，無奈劉備不聽，寧可以私害公，其結果是兵敗彝（夷）陵，重創蜀漢辛苦培養的國力。

儘管《三國志》立傳時將馬超、黃忠列於趙雲之前，卻並不代表那是陳壽的排名與評價。現代人從趙雲的救火隊角色與忠言直諫的性格反可以看出他受人（包括日、韓兩國）喜愛的理由。無論時代如何演變，畢竟人性中的忠誠、友愛、善良、犧牲、自謙……，仍然是普世的價值。

馬岱
廖化
魏延

六、馬岱、魏延、廖化

馬岱是馬超的堂弟，在《三國演義》中最重要的一場戲就是斬了魏延。那時諸葛亮剛過世，楊儀代理丞相，蜀軍準備拔寨暫退，魏延負責斷後。但魏延首先不服楊儀的領導，而且認為不可因丞相之死而廢了國家大事，執意要率兵攻打司馬懿。魏延的表現完全在諸葛亮的預料之中。接著魏延不僅拉攏馬岱相助，而且還在南返漢中時，沿路燒毀棧道，阻拒楊儀的歸路。之後兩軍對峙，楊儀立即取出錦囊（諸葛亮所遺留的妙計）一看，用手指著魏延說，你若敢在馬上連叫三聲：「誰敢殺我？」就將漢中奉送給你。魏延大笑說，別說三聲，就是三萬聲，又有何難？於是就在魏延剛喊完第一聲時，馬岱出其不意，大叫一聲：「我敢殺你！」瞬間斬魏延於馬下（第一〇四、一〇五回）。

按《三國志‧魏延傳》記載，魏延確實為馬岱所斬，但是楊儀派去追殺，並非諸葛亮事先授予馬岱密計。再看《三國志‧楊儀傳》，楊儀自從誅討魏延叛亂有功，返回成都後，一心以為自己就是諸葛亮的接班人，結果命令發表，卻是蔣琬，這使他火冒三丈，口出怨言：如果當初投奔魏國，下場不會這麼慘。但也因此被貶為平民，自殺以終。

以上這兩段史實讓許多三國專家忙著替魏延翻案，說他受了不白之冤，甚至也有人大談諸葛亮對魏延有偏見（說他腦後有反骨，雖屬虛構，但諸葛亮與魏延之間的矛盾還是有跡可循）。無論如何，看魏延與馬岱一生，只能說都是一場悲劇。因為馬超家族曾被曹操殺盡兩百多人，幾近滅門血案，最後投靠劉備時只剩馬超、馬岱二人，而馬超臨死前又將馬岱託付給劉備，說繼承家族血脈只靠馬岱一人了。西涼的馬氏家族在三國史中不啻一頁悲劇。魏延更可憐，明明想全力攻打曹魏，卻只因與楊儀不和，被誣為反叛，還遭追斬的命運。這不禁讓人想問：魏延一生奮戰不休，所為何來？他從追隨劉備開始，先駐守漢中，大破魏軍將領郭淮，後跟隨諸葛亮南征北伐，驍勇善戰，無奈下場竟是如此悲慘。難怪許多人替他感到不平。（木刻繪者畫魏延手中提著一個腦袋，筆者以為若置於馬岱手中，在回應《三國演義》故事上可能較具說服力。）

和馬岱、魏延的悲劇性相比，廖化卻給人一種喜感。他因出身草莽，又背負著「蜀中無大將，廖化做先鋒」的戲謔之語，很多人也就不太追究這笑話對他是否公平。

先看看《三國演義》中對他的描述，第一次出場是與關羽相遇，不僅將誤劫劉備二（糜、甘）夫人的自己手下給殺了，並送還二夫人給關羽（第二十七回）。第二次是劉備西行入蜀前，他率軍來歸，劉備請其助關羽守荊州（第六十回）。第三次是劉備稱漢中王時，關羽準備取樊城，兩位先鋒傅士仁、糜芳飲酒肇事，軍營起火，關羽大怒，轉令廖化為先鋒（第七十三回）。後來關羽敗走麥城，廖化則突圍前往上庸（湖北竹山西南）求救兵（第七十六回）。也就是說從建安十六年（二一一）至建安二十四年（關羽死），廖化一直跟隨在關羽身邊。再看《三國志》的說法——廖化為關羽的主簿。所謂「主簿」就是替將帥重臣出主意的幕僚長。如果廖化能力不足，關羽如何委以重任？由此可知，廖化尚未入蜀前，在關羽陣營已有獨當一面的架式了。何況陳壽最後還以果敢剛烈形容他的英勇。

關羽死後，劉備命廖化為宜都（湖北境）太守，繼續為蜀漢奮戰。劉備死後，廖化跟隨諸葛亮北伐，與姜維堅守劍閣（四川廣元西南）。諸葛亮死後，跟隨阿斗降魏，病死於洛陽途中。

因此從廖化一生幾個階段來看，不僅不應再視他為一「先鋒」丑角，而且劉備集團入蜀後所招攬的張松（說劉璋迎劉備）、法正（薦劉備奪益州）、秦宓（諫劉備伐東吳）、嚴顏（老將）、王平（諫馬謖、責魏延，鎮北大將軍）、馬忠（鎮南大將軍）、黃權（伐吳時諫劉備不可為先鋒）、張翼（諸葛亮先鋒，征西大將軍）、張嶷（撫戎將軍，統領越嶲郡）等人，不論文武，都是當時蜀中人物的佼佼者。現代人若要再說「蜀中無大將」，不僅是對益州人士不敬，也顯露了對三國史的無知。

糜夫人
甘夫人
孫夫人

七、糜夫人、甘夫人、孫夫人

《三國演義》第十五回，寫張飛因丟失徐州（兩位嫂嫂亦陷落城中）欲自刎，被劉備奪下劍來，說了句「兄弟如手足，妻子如衣服」的話。這話直到今天還讓很多人印象深刻。

先看看陷落城中的那兩位嫂嫂——糜夫人與甘夫人。在羅貫中筆下，糜夫人死於當陽長阪坡，因傷重不願拖累前來相救的趙雲，最後投井而亡，算是一位殉節的烈婦（第四十一回）。但在《三國志・蜀書・二主妃子傳》中，卻完全沒有她的記載，只在《糜竺傳》中說她是糜竺的妹妹，由糜竺獻給劉備為夫人（正史中為「糜」字）。因此事實上，趙雲在當陽長阪坡所救者乃甘夫人，而非糜夫人。也就是說，《三國演義》中有關糜夫人的事蹟是虛構的。不過如果沒有羅貫中的生動描述，我們看不到人性在最後一刻有如此高貴的情操！

至於甘夫人則是阿斗的生母，原是劉備在小沛時納的妾。糜夫人過世後，很快扶正，在荊州生了阿斗。後來曹操的軍隊在當陽追上劉備時，她與阿斗同時被棄，幸賴趙雲保護，得免於難。

據大陸有名的三國專家沈伯俊先生研究，甘夫人與阿斗被棄於長阪坡那次，是劉備第四次丟妻逃命。也就是說，當我們在《三國演義》第十五回裡聽到劉備對張飛說「妻子如衣服」時，正是他第一次「丟妻記」的演出。至於後來又出現了三次的「丟妻記」，則完全不讓人意外，因為妻子對劉備而言，確實就像衣服，隨時可拋。

只是不少現代人對此還是提出了一些看法，那就是：劉備既然主張「妻子如衣服」，為何還有勞關羽和趙雲拼著老命保護他兩位如夫人？

當然明眼人看到這裡，大概也可以猜得出羅貫中這樣寫的目的是為了凸顯關羽和趙雲的忠勇。所以不管劉備是否說過「妻子如衣服」，或上演過多少齣「丟妻記」，只要「兄弟如手足」，關羽、趙雲，甚至張飛都不會棄老大的女人於不顧。

因此雖然糜夫人與甘夫人曾多次被棄，她們還有老大的兄弟照管，相對地，劉備為鞏固與東吳的關係而娶的孫夫人就沒有這麼幸運了。她完全是政治聯姻的受害者。

建安十四年（二〇九），劉備擔任荊州牧時，孫權特別「進妹固好」，於是在《三國演義》中就演出了一段膾炙人口的「南徐招親」的戲碼（第五十四回）。以當時劉備的甘夫人剛過世來看，孫權「進妹固好」雖不為過，但其妹正值黛綠年華，而劉備卻已年近半百，如何匹配？此其一也。更何況成親後兩年（建安十六年）劉備已入蜀，孫夫人獨居荊州，有何琴瑟和鳴可言？此其二也。最後當孫夫人準備帶著阿斗返回東吳時，卻也暴露了這段婚姻的政治企圖——劫持阿斗交換荊州。此其三也。

可以想像，聯姻失敗的孫夫人回到東吳後情何以堪，而且從劉備入蜀後很快再娶穆皇后，可知無論東吳或蜀漢，都不會再有人提起她或關心她。倒是羅貫中在《三國演義》第八十四回表達了對她的一點追思，說她聞劉備兵敗死於軍中時，驅車至江邊，望西遙哭，最後投江而死（沈伯俊先生看出此結局乃後來毛宗崗修訂《三國演義》時才加上，並非羅氏所創）。於是後人在江邊給她立了一個「梟姬祠」（按金性堯先生《三國談心錄》，亦稱焦磯娘娘，或蟂磯靈澤夫人），並有詩追憶：「先主兵歸白帝城，夫人聞難獨捐生。至今江畔遺碑在，猶著千秋烈女名。」雖是替身不由己的孫夫人一生發出悲鳴，但還是給她封了個「烈女」的名號。

到底孫夫人算不算烈女呢？從《三國演義》第五十五回來看，劉備返回荊州的路上，要不是有孫夫人出面制止東吳將領陳武、潘璋、蔣欽、周泰的追殺（孫權下令），劉備即使有趙雲保護，恐怕也是難逃一死。因此從東吳的觀點來看，孫夫人還沒離開國土就胳膊肘往外彎——背叛孫權了，如何算是東吳的烈女？再從蜀漢的角度看孫夫人，劉備入蜀後，她返回東吳，臨行前居然拐帶阿斗上船，使趙雲再度拼了老命救回阿斗（第六十一回）。如此背叛劉備的孫夫人又如何算是蜀漢的烈女？

因此這樣一個兩邊不討好的角色，後人之所以給她安上一個「烈女」的封號，應該還是從「一女不事二夫」以及她曾助劉備安然返回荊州去肯定她。現代人看孫夫人的悲劇性，不僅不同於糜夫人、甘夫人僅為單純的附屬角色，她還身負國家重任——以阿斗交換荊州。無論如何，這個吃重的角色是失敗了，後人為感佩她的犧牲，也只能另從「三從四德」的標準來尊稱她為「烈女」了。

與糜夫人、甘夫人顛沛流離的「棄婦」一生相比，孫夫人不僅從未享受過天倫之樂，而且自己的命運還多了個兄長孫權算計，加速成為沒人要的「棄婦」。看來作為劉備的如夫人，除了都是他穿過可拋的「衣服」角色外，幾乎沒有什麼幸福可言。

劉禪
劉諶
黃皓

八、劉禪、黃皓、劉諶

劉禪小名阿斗，按《三國演義》的說法是這樣：其母甘夫人曾於夜間夢見自己吃掉了天上的北斗星，因而懷孕，故以此乳名喚之。此外，羅貫中亦加寫了劉禪出生當夜飛來一隻白鶴，高叫四十餘聲，才向西飛去。若細算劉禪的生卒年（西元二〇七—二七一年），這位「生於憂患，死於安樂」的平庸之主，果真比三國時代任何一位君主都在位得久。而那隻鶴之所以高叫四十餘聲，很多人都可以聯想到是指劉禪在位四十一年（二二三—二六三）。

會用這兩個杜撰的典故來談劉禪，其實是有道理的。首先，他明明是一個讓蜀漢結束的亡國之君，可是後人卻因劉備的關係，對其出生予以高度的期望。可是偏偏這期望都落空了，蜀漢的國祚不僅毀在這個「扶不起的阿斗」身上，甚至當他以亡國之君前往洛陽，還用「樂不思蜀」回答司馬昭之問時，可說對蜀漢之無情無義傷透了所有人的心。於是從他出生時被誇大的祥瑞之兆與在位時的「平庸」表現來看，因落差太大，完全不符眾人對劉備兒子的期待，乾脆就把「扶不起」與「樂不思蜀」都怪在他一人身上。

到底劉禪的表現是否平庸呢？先從他在位的前中期來看。前期（西元二二三—二三四年）有諸葛亮的輔佐，南征北伐，得以和曹魏、東吳兩大集團相抗衡；中期（西元二三四—二五三年）有蔣琬、費禕輔佐，不僅國政上軌道，而且內有董允規諫，外有姜維戍守，因此劉禪（此時已六十歲）的皇帝當得既輕鬆，又未逾矩。當然有人說他平庸亦不為過，因為在那麼多賢臣環繞下，他自己何必出主意？不過也有人認為一個已在位三十二年的皇帝，大部分的決策都由屬下決定，或是集體領導，內政外交均未出錯，以今天的眼光來看，劉禪應是大智若愚。

最後，再看看劉禪在位的後期（西元二五三——二六三年），也就是蜀漢結束前的最後十年。此時不僅蔣琬、費禕、董允均已過世，主國事者諸葛瞻（諸葛亮子）、董厥亦因資歷淺無法再進諫於劉禪，於是造成了宦官黃皓的干政（始於西元二五八年）。當時最有名的例子就是黃皓竟膽大妄為與姜維進行一場軍權爭奪戰，姜維曾為此諫：「皓奸巧專恣，將敗國家，請殺之。」無奈後主不聽，姜維只有遠遁沓中（甘肅臨潭縣西）種麥。少了忠言規諫的劉禪終於在魏軍大將鄧艾攻破成都時，以繩子綁縛自己，載著棺材，率領群臣降了魏國。因此蜀漢的滅亡雖和劉禪後期寵信黃皓有著密切的關係，但翻開中國歷史，敗在「近小人，遠賢臣」的君主又何其多？何況與三國時袁紹兩個自相殘殺的兒子（袁譚、袁尚）、孫權暴虐無道的孫子（孫皓）相比，說劉禪「平庸」或「扶不起」，恐怕還是出於對蜀漢「恢復漢室、完成統一」的期望過高吧！

基於此，再看劉禪的兒子劉諶，得知劉禪降魏後，不僅親手殺了自己的妻子兒女（若按《三國演義》第一一八回，劉諶是先殺了三子，並割了妻子的頭至昭烈廟中祭拜才自刎。木刻圖以二人頭做代表，劉諶亦狀似責問阿斗，阿斗僅掩面相向），還自盡身亡，以示對先帝基業維護不力的羞慚與悲憤。與此對照，阿斗的行徑簡直不堪聞問至極，幾乎是集「不忠、不孝、不義」於一身。但作為一個現代人，到底應如何看待這父子兩代不同的考量與結局？劉禪的投降雖毀滅了蜀漢稱霸的神話，但其實拯救了更多無辜的生靈（魏將鄧艾入蜀與民秋毫無犯，確實受到蜀民的敬重）；劉諶的自殺雖彌補了劉備「虎父犬子」的缺憾，但其實犧牲了一個無辜的家庭（劉備託孤白帝城時，已預知劉禪的不肖，劉諶全家之死反而對不起劉備）。比較起來，劉禪失去了個人一生的名節，劉諶換取了後世永恆的追念。孰輕孰重？值得現代人深思。

周倉
王甫
關平

九、周倉、關平、王甫

一看周倉、關平、王甫上場，即知這是和關羽兩場名垂千古的戲——「單刀赴會」與「敗走麥城」有關。

建安二十年（二一五），孫權得知劉備取了益州，決定索還荊州。在魯肅相邀下，關羽前往陸口（湖北嘉魚西南）赴會。行前，關羽要關平在江上做好船隻接應，遂和周倉過江會談。筵席間，魯肅責備劉皇叔貪而背義（已得西川，又占荊州），關羽則推說這是劉備答應的事，與自己不相干。此時手捧大刀的周倉忽然發話說：天下土地只要有德者就可以居之，哪裡單屬於東吳?關羽立即正色制止周倉，並奪下他手上的大刀，斥退之。周倉離座後，趕緊至江口以紅旗向關平船隻招呼，關羽此時亦以大刀脅迫魯肅離席同至岸邊，東吳官兵不敢輕舉妄動，只得眼睜睜看著關羽登船而去(《三國演義》第六十六回)。

若和《三國志·吳書·魯肅傳》對照，關羽單刀赴會確屬史實，但裡面並沒有周倉這個人。因此為何要虛構周倉同行呢?若從《三國演義》中四個回合來看他的一生，可知有其重要的意義。一、他是由黃巾餘黨轉投關羽(第二十八回);二、追隨關羽前往東吳單刀赴會(第六十六回);三、關羽水淹于禁七軍時，在襄江生擒龐德(第七十四回);四、關羽退守麥城突圍而去時，周倉在城中自刎而亡(第七十七回)。因此羅貫中塑造這樣一個棄暗投明、寧死不屈的角色，不僅象徵眾人對關羽崇高人格的仰慕，也顯示了人性中有一股向上提升的力量，當周倉化身成追隨關羽的悲劇英雄時，如何不引人熱淚盈眶?

至於關平和王甫在關羽「敗走麥城」這一段的演出是這樣的。那時東吳的呂蒙已渡江襲取荊州，關平屯兵於偃城（湖北襄樊北），正與曹軍大將徐晃交戰，後因不敵，遂退告關羽荊州已失。關羽悔恨當初未聽王甫建議，應以忠誠廉直的趙累守荊州，而非多忌好利的潘濬。果然呂蒙就是以厚利引誘潘濬，賺開了荊州城門。（按《三國志・吳書・潘濬傳》，潘濬降吳後，為孫權重用，羅貫中是否據此質疑潘濬的操守？）此時關羽進退無路，只得聽從關平建議，前往麥城（湖北當陽東南）屯紮，隨行者僅三百餘人。在糧草不繼下，關羽和關平突圍求救，留下王甫和周倉守城。結果關羽和關平一出城即被潘璋部下馬忠所擒，後遭孫權斬殺。而王甫和周倉，在吳兵以關羽、關平父子首級招降下，前者墮城而亡，後者持劍自刎，均慘烈犧牲了（《三國演義》第七十六回、七十七回）。

在《三國志・蜀書・關羽傳》中，關平是關羽之子，而非義子。但在《三國演義》中關平是在第二十八回拜關羽為父的。看圖中所繪，關平手中捧著一個印綬，這其實不對，因為在第六十五回中，關平由蜀返回荊州時，只帶了諸葛亮的一封信，信中說荊州重鎮非關羽莫守，而且馬超武藝只能與張飛相當，要關羽不必入蜀與之比武，因此關平所攜回的絕對不是印綬。在此，繪者可能張冠李戴，把七十三回關羽因不願與黃忠同列五虎將，而不肯受印的一段接到了關平身上。

看關羽最後「敗走麥城」這場戲，關平、周倉、王甫三人雖僅為配角，但他們的一舉一動，都牽動著眾人的心情，尤其是當關羽和關平父子同時遇害時，很多人是痛哭流涕的。偏偏羅貫中又添了一段周倉、王甫守麥城的結尾，更加深了這齣戲的悲壯性。這樣的情節和《水滸傳》結尾宋江之死有異曲同工之妙，先陪葬了李逵（喝了宋江給的御賜毒酒），之後，吳用、花榮來祭拜宋、李二人墳塋時，亦決定追隨宋江於九泉之下，以示死生契合之意。儘管李逵、吳用、花榮並未戰死疆場，但三人在各自過了一段太平日子後，再為宋江而死，兄弟之情不言而喻。因此他們的悲壯性與周倉、王甫相比，其忠義程度都令人肅然起敬。

不過西方人看《三國演義》或《水滸傳》，最難以消受也就是這些動不動就「文死」與「武死」的自殺場景，似乎不這樣，無法顯示臣子與部下對上位者的忠誠。尤其是王甫與周倉，只因看見關羽的首級，二人就決定自殺，不再奮勇殺敵戰至最後一兵一卒，這對一向強調「自殺乃膽小自私的個人行為」的西方人而言，王甫與周倉的自殺不僅不是為國犧牲的勇者表現，反而是弱者的象徵，同時更無法領略那是為關羽殉葬的意思。從現代人的角度看中國古典小說中的「自殺」意義，可以顯示東西方文化對話與接軌的困難。

至於「關羽走麥城」，為何中國人不願加「敗」字去表示關羽的窮途末路，這也令西方人無法理解。其實關羽在中國文化的傳承中早已被尊為「忠義之神」的典範，而「走麥城」這齣戲就是使關羽化身成悲劇英雄的關鍵，對於這樣的關鍵性一役，再言「敗」字，豈不墜入「以成敗論英雄」的低層次境界之中？這是中國人無法忍受的。西方人看中國古典文學中將悲劇英雄逐步推向神格化的過程，頗有霧裡看花之嘆。

程畿
張松
嚴顏

十、程畿、嚴顏、張松

程畿的故事很短，卻很悲壯。他原屬益州劉璋手下，在劉備攻克成都後歸順，官至祭酒（屬州牧下的官，多由德高望重者居之），可以看出劉備對他的敬重。蜀漢章武元年（二二一），劉備率大軍東征，程畿隨行，在彝（夷）陵兵敗時，他騎馬親赴江邊率水軍禦敵，有人催其快逃，程畿卻說：「吾自從主上出軍，未嘗赴敵而逃！」結果在東吳大軍洶湧而至下，走投無路，拔劍自刎（死於西元二二二年）。這是《三國演義》第八十四回的事，恐怕很多人看到劉備被東吳的陸遜營燒七百里，退回白帝城時，也就沒有心情再看下去還有誰在此役中犧牲了。倒是羅貫中最後還不忘以一首七言絕句讚美程畿的犧牲：「慷慨蜀中程祭酒，身留一劍答君王。臨危不改生平志，博得聲名萬古香。」好個程祭酒，死有重於泰山！

嚴顏的故事有兩段膾炙人口，一是有名的「張飛義釋嚴顏」（第六十三回），一是與黃忠大敗曹軍張郃部隊，平定漢中（第七十回）。

建安十九年（二一四），諸葛亮、趙雲、張飛兵分兩路入蜀，張飛在巴郡擊敗太守嚴顏（劉璋部下），並活捉他，嚴顏不僅不願接受張飛的招降，甚至答稱：「只有斷頭將軍，沒有投降將軍！」此話撼動了張飛的心，惺惺相惜，遂親手釋放嚴顏。建安二十三年（二一八），嚴顏在葭萌關（四川廣元西南）立下汗馬功勞，與黃忠聯手夾擊張郃，使張郃兵退八九十里。（按《三國志》的〈黃忠傳〉與〈張郃傳〉中均無此記載。）

嚴顏立功事蹟雖屬虛構，但塑造他歸順後建功，不僅有助於劉備集團的壯大，而且對蜀漢統一的前景亦有振奮作用。羅氏慣用此法延續對蜀漢正統地位的效忠，也就不足為奇。

張松原為益州劉璋手下的別駕（外交官），但因其貌不揚——額钁頭尖、鼻偃齒露、身短不滿五尺（羅氏語），在前往許都商請曹操出兵取漢中時，受到奚落，於是演出一段史上知名的「張松獻地圖」的故事。在羅貫中筆下，先創作了他在曹操處因長相難看碰了釘子，後返回益州路上獲劉備禮遇，遂將原本要獻給曹操的四川地圖轉贈給劉備，劉備有了張松的內應，西進入蜀才大事底定。

若按《三國志》的〈劉璋傳〉、〈先主傳〉與〈法正傳〉，不僅張松從未獻過地圖，而且他是在建安十三年（二〇八）出使荊州曹操處，和建安十六年（二一一）出使劉備處的法正，根本是兩碼子事。因此羅貫中張冠李戴把這兩件事混為一談的目的很明顯，就是為了凸顯劉備因仁厚而獲得張松的地圖，並非有意要佔領劉璋的西川。羅氏在此獨厚張松，並藉此演繹一番，原因應是張松早死，他於建安十七年（二一二）寫信勸劉備擒拿劉璋一事外洩，遭兄長張肅告發後，被處斬。羅貫中同情之餘，寫下「張松獻地圖」的故事，算是替他除罪（裡通外敵），大家一看，也就心知肚明了。不過西方人看《三國演義》中張松這號人物，總覺得他和龐統一樣，都帶點搞笑的成分，都因長得醜被排斥（龐統受孫權冷落），結果反讓劉備從中取利（龐統獻連環計，劉備與東吳大敗曹操；張松獻地圖，劉備取西川），這些情節創造起來有些部分過於雷同，可信度難免受質疑。

從程畿自刎、嚴顏立功到張松獻圖，此三件事情的虛構，可以看出：羅氏在十四世紀末（明初）已集思廣益寫完《三國演義》，而蜀漢早於西元二六三年滅亡，相隔一千多年後，尊劉的正統思想仍深深影響著每一個人。從羅氏筆下烘托出的幾個「棄暗投明」、「效忠明主」等故事屢獲民間熱烈的回響，足證《三國演義》除了傳遞忠孝節義的思想外，政治正確也左右每個人對其中人物的喜愛與憎惡。就像張松明明在羅氏筆下是一個其貌不揚的人，結果到了清代木刻繪者手裡，竟成了溫文儒雅的書生。羅氏地下有知，怕也始料未及吧！

龐德
馬騰
韓遂

十一、龐德、韓遂、馬騰

其實龐德、韓遂、馬騰三人之間，只有後二者的故事較有交集。前者龐德雖曾跟隨馬騰攻打羌人，但在渭南（陝西境）與馬超（馬騰之子）為曹操所敗後，先逃往漢中，後歸順了曹營，可以說大部分的時間都不在西涼，自然和韓遂、馬騰也就沒有關係了。

韓遂和馬騰率兵起義最早見於《三國演義》第十回。那時董卓已死，李傕、郭汜（董卓故將）進犯長安，挾持漢獻帝，把持朝政。西涼太守馬騰、并州（山西、河北）刺史韓遂引軍討賊，結果因糧草不繼，敗回西涼。

此為初平元年（一九二）至興平元年（一九四）的事。

建安十三年（二〇八），曹操為丞相，徵馬騰至京，馬騰此時因與韓遂不和（軍隊互有騷擾），遂舉家遷至鄴都（河南臨漳），僅留馬超獨守西涼。建安十六年（二一一），馬超因與羌人合作，日漸壯大，且與韓遂重修舊好，聞曹操興兵漢中，決定與韓遂叛曹。不料反在潼關、渭南為曹操所敗，二人只好再度西遁。故事發展到這兒，大家也都知道曹操之所以會贏得渭南之勝，主要是用了賈詡的兩個計謀——反間計與離間計。前者曹操故意私下在陣前與韓遂敘舊（曹操與韓遂父為同年的孝廉，又與韓遂交往過），引起馬超懷疑；後者曹操在與韓遂親筆信函中任意塗抹，亦增馬超疑心。果然馬超先下手為強，進帳行刺韓遂，韓遂以左掌禦之，被砍落（《三國演義》第五十九回）。

看圖中韓遂失了右手，應是繪者之誤。當然在正史中，韓遂並未失去左手，而且後來也沒有降曹。但他與馬超的叛曹卻導致馬騰家族二百餘口在建安十七年（二一二）為曹操所誅，馬超背負著血海深仇，先投漢中的張魯，後於建安十九年（二一四）歸順劉備。至於韓遂逃往涼州後，為夏侯淵所敗，死於建安二十年（二一五）。

看整個馬氏家族以及韓遂勢力和曹操的關係，其實就是一頁地方與中央的鬥爭史。曹操先以安撫的手段對付馬騰，召之進京，接著再分化馬超與韓遂，予以各個擊破。西涼雖有羌胡之力，馬兒（馬超）離了水草之地，終將無所作為。羅貫中在《三國演義》中以曹操之口說得好：「馬兒不死，吾無葬地矣！」解決了馬超家族這個心腹大患，曹操西進滅蜀才能長驅直入。

龐德最初是在馬騰軍中，由於幾次衝鋒陷陣，表現英勇，馬騰欲升他為大將，他卻選擇跟隨馬超留在西涼。與曹操的渭南之役，馬超令其為先鋒，與韓遂率軍五萬抵擋曹操。不料兵敗，只好隨馬超逃至漢中，依附張魯。由於馬超在張魯處未受重用，轉投西川，當時龐德因病未隨，只好歸順已平定漢中的曹操，與馬超算是分道揚鑣（第六十七回）。

歸順後的龐德曾救過曹操一命，後曹操欲以龐德為先鋒，前往樊城救援，但因龐德原係馬超手下，且其兄龐柔尚在西川為官，此雙重關係受人質疑，為示忠誠，龐德特地打造了一口棺材，攜往樊城共生死，並誓挫關羽三十年的名聲。後果然以箭射中關羽左臂而回。等到關羽水淹于禁七軍時，曹軍皆降，只有龐德不降，關羽欲說其歸順，龐德寧死不屈，關羽遂斬之。曹操得知後，感嘆地說：「于禁從孤三十年，何期臨危反不如龐德也！」他也萬萬想不到長期跟隨他的于禁竟然臨陣投降，反不如歸順的龐德忠誠（第七十二回、七十四回與七十五回）。

若將以上情節和《三國志・魏書・龐德傳》相對照，龐德奮勇殺敵的先鋒形象，無論是在馬超營或曹操陣中，的確屬實，但羅貫中還是按自己的選擇在兩個部分加以發揮創作。一是樊城之戰于禁對龐德的妒忌，妒其射中關羽恐成大功這一段。其實樊城之戰龐德隸屬曹仁部下，並非于禁，羅貫中為凸顯老將于禁之降，乾脆就把寧死不屈的龐德寫在于禁手下，以作對照。二是龐德前往樊城所攜的那口棺材。那時龐德曾說：若不能殺關羽，必為關羽所殺；而且即使不為關羽所殺，自己一定自殺。龐德遂攜棺作戰以示必死的決心，只是羅氏虛構的那口棺材後來卻不知去向。倒是一九九四年大陸中央電視台拍攝的《三國演義》連續劇，讓我們發現那口棺材的下落——在龐德落水時浮出水面，成為他的攀爬物。這比起《三國志》中龐德抱著「船板」要精彩得多。看樣子羅貫中為烘托氣氛所營造的道具，很多人都注意到了，只是沒想到戲劇導演的神來之筆，不僅延續了小說情節的可看性，也讓我們對這位白馬將軍（龐德座騎為白馬）死前的悲壯性，留下了深刻的一瞥。

至於羅貫中為何要虛構龐德攜棺的場景？對於這一點，西方人也很好奇，尤其是蜀漢最後滅亡時，阿斗亦是如此這般攜棺降魏的。棺材對中國人而言，意義可謂深遠，可以從長壽（及早準備有其延壽意義）解讀到發財，既然範圍這麼廣，諸如為冤死者抬棺抗議，或攜棺以示忠誠，都是另一種涵意。羅氏從棺材擷取靈感，再配合龐德的性格特質，創造了一個令人感動的情節，中國人當然會喜歡。但在西方人看來，以這樣的方式作為情緒的訴求似乎是一種激烈的手段。或許原本溫柔敦厚的中國文化特質，在連年爭戰的年代，會尋找另一個出口作為表達方式，羅貫中虛構龐德攜棺以示忠誠，恐怕並非突發奇想，應是反映了當時文化所承載的忠孝節義或以死明志的基本訴求。

袁紹
顏良
文醜

十二、袁紹、顏良、文醜

顏良與文醜是袁紹手下兩員大將，可惜死於官渡之戰前。

漢獻帝初平元年（一九〇），袁紹被推為討伐董卓的盟主，與各據一方的軍閥正準備聯合作戰，但軍閥間各懷鬼胎，又互有征戰。袁紹首先就併吞了冀州，並擁有青州、幽州、并州，短短數年間成為雄據北方最大的軍閥。

建安五年（二〇〇），袁紹欲擴大領土，跨越黃河界，先派大將顏良進軍白馬（河南滑縣東），攻打曹營。那時劉備在徐州正為曹操所敗，與關羽、張飛失散，只好北投袁紹。按《三國演義》的說法，顏良在白馬所向無敵，先斬了呂布手下兩員大將宋憲、魏續，又打敗了曹軍大將徐晃，曹操無奈，只好請出暫來歸順的關羽。關羽為答謝曹操厚待，提著青龍刀，上了赤兔馬，直奔顏良營，見了將軍旗，手起刀落，瞬間斬顏良於馬下（第二十五回）。

其實當初袁紹派顏良至白馬時，謀士沮授曾警告說：顏良雖驍勇，但個性褊狹，不適合一人帶兵作戰！可惜袁紹未聽，先毀了一員大將。不過細究《三國志．袁紹傳》，雖不易看出顏良的褊狹與白馬之敗有何關聯，但曹操以「聲東擊西」之計解了白馬之圍，確實是技高一籌。那時曹操部隊引兵渡河，裝出明攻袁紹主力的姿態，暗中卻派軍增援白馬。等顏良發覺，張遼、關羽的先鋒部隊已逼近，倉促應戰的結果可想而知。只能說白馬之戰，袁軍首先敗在曹操的奇謀，其次是袁紹的剛愎（不聽諫言），而顏良的褊狹亦難逃誤判之嫌，此應為敗因之三。

當然如果袁紹受此教訓，能知所改進還好，偏偏當沮授二度進言，建議採持久戰（袁軍勢大，曹軍勢弱）時，袁紹居然不聽，反派出劉備、文醜，加速出擊，再奔曹營。

在《三國演義》中，羅貫中為此還加了一段「文醜嫌劉備為屢敗之將，於軍不利，不願與他同行」的插曲。後來劉備雖然殿後，但文醜一馬當先的結果是：驕兵必敗。不過按《三國志‧魏書‧武帝紀》，袁軍第二次之敗是敗在曹操祭出「以逸待勞」之計，先以錙重糧食誘引袁軍在延津（河南新鄉東南）一路撿拾，俟行軍隊伍大亂後，曹軍趁勢出擊，袁軍只有挨打的份，文醜就是這樣死於亂軍之中。這是官渡之戰前夕，曹軍贏得漂亮的兩次戰役，但卻是袁紹集團潰敗的前奏。顏良、文醜之死，不僅讓人感慨號稱「一代河北名將」如此陣亡之不值，並以此推知袁紹性格所做決策的誤導有多深。

看陳壽《三國志》對袁紹的評價：「紹外寬雅，有局度，憂喜不形於色，而內多忌害。」在初期打天下時，這樣的優點確實吸引不少人才，像荀彧、郭嘉的投靠。但時間久了，他的「內多忌害」就成了用人之疑。果然荀彧早於初平二年（一九一）就離開了他，主因是袁紹無法成大事。後來他還把郭嘉也帶進曹營。因此從白馬之戰袁紹不聽謀士沮授的建議，到官渡之戰敗後殺掉另一謀士田豐（曾勸他不要南征），都是猜忌性格使然。

再看另一謀士許攸在官渡之戰前夕建議：分兵進攻空虛的許昌，以牽制曹操的後方。可惜袁紹不聽，許攸看情形不對，只好也投了曹營。而另一大將張郃因勸袁紹派重兵護糧，結果遭譖，不得已也臨陣脫逃（後成為曹操大將）。這些人才的一一流失，不僅反映了袁紹性格中最大的敗筆——用而疑之，也削弱了袁紹集團在官渡之戰前所具有的優勢。袁紹後來很快死於建安七年（二〇二），也就是官渡之敗後兩年，其一生的成敗就是性格決定一切的最佳寫照。

看顏良、文醜與袁紹形成命運共同體，很多人除了替這兩位早死的大將叫屈外，也質疑他們「一代河北名將」封號的由來。從顏良白馬之戰敗在疏於防備，文醜延津之役敗在貪圖錙重，可以看出這兩位大將恐怕亦是虛有其名。當然這是否和袁紹識人不清卻喜委以重任的性格有關，值得探討。再舉烏巢（河南延津東南）一役為例，當時沮授曾建議應派蔣奇為先鋒，截斷前來包抄的曹軍，袁紹不聽，認為應趁此良機進攻曹操大營，曹操必敗。結果曹操不僅順利放火燒了烏巢的屯糧，還以五千步騎襲擊重兵（一萬部隊）防守的烏巢營地，當時駐軍將領淳于瓊輕率迎敵的結果是為曹操所斬。從烏巢被襲，袁軍救援不及，到袁紹自己進攻曹軍大營受阻，可知袁紹是一步錯步步錯，而淳于瓊在烏巢一役的敗亡模式和顏良、文醜幾乎是循著相同軌跡的。因此看「一代河北名將」顏良、文醜的封號，再細究他們的死因，袁紹不僅辜負了這兩位名將的歷史封號，同時也應對顏良、文醜、淳于瓊之死負最大的責任。

華佗
管輅
吉平

十三、華佗、吉平、管輅

陳壽在《三國志・方技傳》中曾讚美華佗的醫學與管輅的卜筮為絕技（另三人為杜夔的音樂、朱建平的相術、周宣的解夢），而且高超無比。觀此二人，華佗之所以比管輅有名得多，主要還是拜羅貫中所賜。因為只要看《三國演義》第七十五回「關雲長刮骨療毒」，誰都相信為關羽開刀的就是華佗。不過據《三國志・蜀書・關羽傳》，關羽刮骨療毒雖屬實，但大夫並未言明是華佗。此事經許多三國專家求證：關羽受傷時間應在坐鎮荊州之際，也就是建安二十年（二一五）左右（一說建安二十四年），但華佗卻早在建安十三年就死於曹操之手，如何可能為關羽治病？結果此事經羅貫中「妙手回春」，很多人寧可相信華佗當時還活著，而且就是為關羽療毒的大夫。

看華佗一生，不僅精於配藥、針灸，而且很早就以自製的麻沸散作為外科病人的麻醉劑。雖然他的麻沸散配方早已失傳，但古典小說中所謂的「蒙汗藥」，至今仍讓很多人好奇兩者之間的關係，因為都必須下在酒內。（按《後漢書．方術傳》，華佗動手術前先令病人以酒服麻沸散，且清汪林瑞《本草疏》稱蒙汗藥即古之麻沸散也。）此外，他發明的「五禽戲」，模仿虎、鹿、熊、猿、鳥的動作，活絡全身，祛病延年，這種養生觀可視為中國預防醫學的始祖。不過在《三國演義》中，羅貫中只強調了他專治內外傷，並未推崇他的養生觀。

以第十五回、七十五回與七十八回為例，他曾為孫權大將周泰治療金瘡，經一月而癒；幫關羽刮骨療毒，百日而平復；建議曹操開刀，徹底治療頭疼。由這三件事可以看出華佗醫術的高明。只可惜這樣一個優秀人才死於曹操的妒殺，不僅是中國醫療體系的重大損失，甚而導致他的養生術也無法推而廣之（雖有人說流傳至今，但恐僅限於武術界）。看中國專業人才的不受尊重，歷代掌權者應負最大的責任。

管輅雖不如華佗有名，但他的卜筮事蹟在東晉干寶的《搜神記》已有記載。羅貫中在《三國演義》中加油添醋，硬將他和曹操扯在一起。

那時曹操染病未癒，有人介紹管輅給他，說管輅從小即神童，天文地理無所不通，並舉證管輅給人卜卦的靈驗。其中一例是一家兄弟三人都跛腳，請管輅卜之。管輅說，由卦中可看出此家祖墳中有女鬼，以前鬧饑荒時，這家人為了搶奪幾升米，曾將一位叔母推落井中，並以石砸之，結果孤魂向上天投訴，三兄弟今生遂有此報。曹操聽了，趕緊請管輅為其病卜之。管輅從心理上安撫曹操，說他只是心生幻覺（曹操所患頭風，發作起來心神錯亂、頭暈目旋），並無大礙。曹操從此心安（第六十九回）。

看羅氏筆下，管輅為曹操占卜，帶有一種現代心理治療的方式，極前衛也令人感動。可惜於史無據（按《三國志‧方技傳》，管輅卜筮事蹟和曹操並無交集處）。不過這一段倒是讓人想起華佗醫術高明，卻因返鄉未歸，被曹操疑為「佗能愈此，小人養吾病，欲以自重，然吾不殺此子，亦終當不為我斷此根原耳！」（《三國志・方技傳》）因而慘遭殺害的命運。如果華佗能較早從心理上掌握曹操的猜忌性格，以「並無大礙」安撫病人（不以權威自居），說不定還可藉著醫術保護自己。作為一位醫者，一生救人無數，最後卻因醫術高明而遭譖，救不了自己，這是時代的悲劇，也是現代人無法接受華佗死亡的理由。

那麼作為一位卜筮權威的管輅，又是如何以自己的專業去面對權勢人物？

魏齊王芳正始九年（二四八），吏部尚書何晏一連數次夢見青蠅（大頭蒼蠅）停在鼻頭上，就此請教管輅。管輅告知：青蠅乃惡臭之蟲，卻群聚於鼻梁（在八卦中屬艮），這就像地位至高者開始往下墜，最後走向敗亡。於是建議何晏想想「盈則虧，盛則衰」的道理，而且以「持謙損己」的態度保護自己。可惜何晏沒聽，一年後即被誅殺。這「持謙損己」的態度在一千多年後的今天看來還是很令人震撼，也就是管輅的做人原則是謙虛，而實踐的方法卻是損自己的有餘去彌補別人的不足。雖然管輅當時已知何晏的結局，可是還是希望透過諄諄告誡盡一己之力，這幾乎已達聖人的境界。而這樣一位身心靈俱通的卜筮權威最痛心之處，大約就是看著高官厚祿者腐化墮落而無能為力。

管輅後來雖受司馬昭厚待，但視富貴如浮雲，知道自己活不過四十八歲，遺憾當不上洛陽縣令，無法將洛陽治理成「路不拾遺，民無訟案」（心理健康）的城市。這樣一位謙沖自懷，以蒼生為念，以鬼神為尊的卜筮者，無論其卜術如何，從順應天理拯救人心來看，足可與華佗的濟世救人相媲美。

只是在《三國演義》中，他們一碰上曹操，一個只能醫頭，一個只能卜病，實在委屈了兩位大師。

吉平的故事則很短，在《三國志・魏書・武帝紀》中叫「吉本」，是一位太醫。建安二十三年（二一八）春正月，他與耿紀、韋晃起兵叛曹被斬。按這樣的情節，羅貫中在《三國演義》中不僅將吉平的抗曹事件發揮得淋漓盡致，還提前到建安五年（二〇〇），把他和董承叛曹事件寫在一塊兒。

那時吉平正為曹操治病，與董承欲聯手誅曹。吉平設計在藥裡下毒，為曹操識破，先剁其手指，再割其舌，俟其撞階而死後，還肢解其屍體於市。這是第二十三回的情節。到了第六十九回還有吉平二子（吉邈、吉穆）為父報仇的續集，其結果就是和耿紀、韋晃叛曹時一同被誅，家族盡斬於市。

偉大的羅貫中把一個單純的叛曹事件前後連貫成兩起，還加上後代追剿曹操的罪行。看來吉平地下有知，應感謝羅氏在尊劉抑曹的正統思想下，偏愛抗曹的犧牲者，他們的故事之所以流傳特別廣，悲壯應是共同的主因。

鄧艾
鍾會
姜維

十四、鄧艾、姜維、鍾會

這三人在《三國演義》中出場的時間都很晚，算是三國晚期的悲劇英雄。

鄧艾和鍾會是司馬懿父子專權時代崛起的魏國名將，鄧艾足足比鍾會大了近三十歲，算是父執輩。但兩人入蜀後，鍾會對鄧艾所進行的一場無情的奪權鬥爭，使鄧艾頓時由滅蜀功臣淪為階下囚，實在令人可嘆。而姜維在阿斗降魏後，歸順鍾會，兩人一拍即合，一個想恢復漢室，一個欲叛魏自立，結果政變未成，同遭屠戮，下場雖一樣，評價卻兩極。

鄧艾從小家貧，放牛為業，有一次晉見司馬懿，司馬懿驚異於他自修的學識，立刻延攬為自己的人馬。不過鄧艾開始嶄露頭角卻是在司馬懿死後，他幾次率軍擊敗姜維，並抵禦東吳的入侵，被司馬昭封為鎮西將軍。

魏景元四年（二六三）秋天，鄧艾已六十六歲，也是他一生最具關鍵性的一刻。他與鍾會分兵入蜀，鍾會走斜谷（陝西郿縣西南）、駱谷（陝西盩厔西南）、子午谷（陝西長安南），取漢中；鄧艾走甘松（四川松藩西北）、沓中（甘肅甘南），牽制姜維。鍾會攻克漢中後，姜維、廖化堅守劍閣，魏軍屢攻不克，糧草又盡。鄧艾遂提議由陰平（甘肅文縣）抄小路，翻山越嶺，取涪城（四川綿陽），直搗成都。付諸行動後，鄧艾部隊歷盡千辛萬苦，快速逼近離成都僅八十里的雒城，此時姜維已回救無望。同年冬十一月，劉禪降鄧艾，蜀漢亡。

巴蜀平定後，鄧艾被封為太尉（全國最高的軍事長官）。鍾會見其以安撫政策治蜀，大獲蜀民之心，遂密告司馬昭，誣鄧艾收攬人心。第二年初父子隨即被押上囚車，遣送洛陽。可憐一代名將，剛立下汗馬功勞，正準備乘勝追擊，進行殲滅東吳的計畫，卻意外死於自己人之手（鄧艾之死，先始於鍾會構陷，後有舊屬田續挾怨報復，終被刺殺於途中）。

鍾會為有名的書法家鍾繇之子，因出身世家，才華出眾，從小即受矚目。在司馬師、司馬昭掌權時屢次建功（平定毌丘儉之亂、建議司馬昭抗魏王命、討伐諸葛誕之變），很快成為司馬昭的核心謀士。在滅蜀大計中，力主時機成熟者亦是他，可惜拔得頭籌者卻是鄧艾。

當鄧艾取成都時，姜維知劉禪已降，只好在涪城先降了鍾會。鍾會得姜維大喜，知其有幹才，厚待之。同時姜維亦看出鍾會內有異志先密告鄧艾造反，俟接收鄧艾軍權後，再假魏太后（死於景元四年十二月）遺詔——由鍾會率軍廢司馬昭，行叛變之實。

鍾會於景元五年（二六四）正月十五日叛變，在一場混亂中，不僅未獲眾將支持，而且據聞司馬昭已親率大軍十萬討伐。結果一個發動僅三天的政變就因協調不成各懷鬼胎而告終。雖然姜維從頭到尾都與鍾會一同奮戰，但終究寡不敵眾，兩人皆遭斬殺。鍾會死時才四十歲。

羅貫中抓住這樣一個慘烈的情節，從第一〇七回寫到第一一六回，算是諸葛亮死後（第一〇四回）極為精彩的一個段落。看姜維與鍾會之死，後人之所以有兩極化的評價，主要原因有二：一、姜維從二十七歲歸順蜀漢，在繼承與完成諸葛亮北伐遺志上最徹底。因而很多人看羅貫中寫到姜維詐降，都覺得蜀漢復興有望。直到姜維死於政變，這希望才徹底破滅。因此姜維之死，不僅讓人特別懷念諸葛亮，也再度看到另一個「鞠躬盡瘁，死而後已」的典範。二、從鍾會誣陷鄧艾成功，可以測知司馬昭慣用的猜忌領導——讓屬下互相牽制與火併。如果司馬昭信任鄧艾，即使鍾會密告，應有其他管道可供調查，不必如此迅速地讓鄧艾坐上囚車，重傷鄧艾部隊信心。而鍾會長期為司馬昭心腹，深知此一手法的殺傷力將反彈到自己，乾脆一不做二不休地與姜維合作，先下手為強，背叛了司馬昭。這一點司馬昭夫人王氏就看得很明白，她曾諫說：「會見利忘義，好為事端，寵過必亂，不可大任。」而且連鍾會的哥哥鍾毓也曾對司馬昭說過：「會挾術難保，不可專任。」（《三國新紀》陳健夫編著）從鄧艾在晉泰始九年（二七四）獲得平反，可知鍾會以其人之道反制其人的手法，不僅毀了自己一生，也毀了另一員忠心耿耿的魏國大將。如此人格，誰還能苟同？

陳壽在《三國志》中說鄧艾氣魄強大，鍾會智謀深沉。可惜前者至死不悟（殄虜將軍爰邵曾告訴他攻蜀必勝，但是一條不歸路），後者鋌而走險（野心過大，考慮不周），均屬危機意識不足者。至於姜維，雖具文韜武略，但判斷力不足，最後與鍾會的合作成了泡影，自己也跟著犧牲了。

因此，死於同一年的鄧艾、姜維、鍾會，正好讓現代人見識了歷代武將的三種悲劇模式——死得冤、死得好（死得其所）、死得難看。

呂蒙
陸遜
闞澤

十五、呂蒙、闞澤、陸遜

漢獻帝建安七年（二〇二），孫權據江東六郡，開始廣納賢士，呂蒙、闞澤、陸遜就是在這個時候追隨他的。

呂蒙最早建功是在建安十三年（二〇八），替孫權報了黃祖殺父之仇，並在赤壁之戰中助周瑜破曹軍於烏林（湖北洪湖東北）。建安十七年（二一二），建議孫權修築濡須（安徽巢縣）塢，設強弩於塢上以防曹軍，後曹操果然南進，在此與吳軍相持月餘，無功而返。

後來魯肅曾以「非復吳下阿蒙」形容這位虎威將軍，到底呂蒙是如何變得讓人「士別三日，刮目相看」的？

呂蒙從小喪父，十五六歲即投身軍旅。一次因細故殺了同僚，逃走後，又返回自首，這引起了孫策注意，決定收留他。孫策死後，呂蒙隨孫權出戰，每戰皆捷。後孫權要呂蒙多讀書，呂蒙以軍務繁瑣為由拒絕，孫權告知有勇無謀終不能成大將，呂蒙才開始接觸《周易》、《孫子》、《六韜》、《左傳》、《國語》、《史記》、《漢書》等書。從此學問精進，逐漸由一位武將走向儒將，最有名的例子就是「智取荊州」。

建安二十二年（二一七）魯肅死後，主戰派的呂蒙抬頭，決定奪取劉備借了十年而不還的荊州。呂蒙先以病重為由，返回建業（南京）休養，軍務由陸遜暫代。俟關羽鬆懈對東吳的防衛，將大軍調往襄陽、樊城，力抵北方的曹軍時，呂蒙手下假扮的白衣商人，即趁夜襲取了江邊的烽火台，拿下了荊州。這是建安二十四年（二一九）呂蒙死前為東吳立下的輝煌戰果，也是三國鼎立的開始。

不過《三國演義》第七十七回寫呂蒙死前為關羽附身，七竅流血而亡。這和《三國志》中「一生嚴以律己，寬以待人，死前交代家人奉還孫權所賜財寶，喪事亦力求儉約」的呂蒙相對照，顯然是羅貫中為了平衡關羽被殺，陷呂蒙於不義，而加以誇飾的情節。

與呂蒙相較，闞澤就幸運多了。他在《三國志》中只是一位謙遜有禮的學者，主張廢除死刑，曾建議孫權讀賈誼的〈過秦論〉以治亂世。但在《三國演義》中，羅貫中卻給他另外安了個漁翁的角色，這到底是怎麼一回事？

赤壁之戰前夕，黃蓋欲詐降曹操，苦無遞信者，闞澤得知，願扮作漁翁前往。遞上降書後，曹操不信，欲斬闞澤，澤毫無懼色，反笑曹操不識人。操以降書中未言明何時來降故不信，闞澤答以「背主作竊，不可定期」，終釋曹操之疑，完成了信使的任務（第四十七回）。

不過這個於史無據的漁夫從此就成了闞澤的歷史標記。和陳壽筆下的「學者」闞澤相比，「漁夫」闞澤竟然名垂千古，成了茶餘飯後的好話題，未嘗不是趣事。

陸遜只比呂蒙小五歲，但呂蒙建功時，陸遜還在外放階段。直到協助呂蒙拿下荊州，陸遜的名聲才正式登場。無論是《三國演義》或《三國志》中，都對陸遜在彝（夷）陵之戰中的表現給予最高的評價。

吳黃武元年（二二二），劉備為報關羽之仇，率軍四萬沿長江南岸前往猇亭（湖北宜都西北）。陸遜為東吳大都督，先採誘敵深入之計，蜀軍迅速進入五六百里山區陣地後，兩軍相持七八個月。後因天氣炎熱，劉備為了避暑，連營數十寨於巫峽至彝（夷）陵的山嶺間。陸遜施以火攻，燒得蜀軍如熱鍋上的螞蟻，丟盔卸甲大敗而逃。劉備在彝（夷）陵之敗後一年（二二三）很快死於白帝城，此役之敗即是關鍵（和袁紹官渡之敗後亡，如出一轍）。

看「陸遜營燒七百里」（《三國演義》第八十四回）與「呂子明白衣渡江」（第七十五回），前者陸遜以火攻擊敗劉備，後者呂蒙智取荊州擒殺關羽，這兩場三國史上關鍵性的戰役，皆因孫權手下有兩位足智多謀的大將。反觀蜀軍的接連失利，卻是劉備與關羽同時犯了輕敵的毛病，這個

「敵」就是東吳的後起之秀陸遜。呂蒙四十一歲（死前）所起用的新人陸遜（當時三十六歲），在兩起關鍵性戰役中發揮了如此舉足輕重的功效——矇騙關羽與擊敗劉備，這不得不讓人對一千多年前的東吳人才濟濟刮目相看，而且對孫權初、中期在用人與識人的表現上更是敬佩！

至於「陸遜死時家無餘財」以及「呂蒙死前奉還孫權所賜財寶」的操守，雖同為三國時代令人追憶的典範，但前者的家人似乎更應受到尊重。因為陸遜死前官至丞相不說，還屢次冒著生命危險勸諫晚年昏瞶的孫權不該嚴刑峻法與窮兵黷武，作為他的家人，除了嚴謹自持外，還得隨時擔心他的安危。再看陸遜的兒子陸抗，在暴虐的孫皓時代仍延續老爸作風——諫孫皓不該嚴刑峻法與窮兵黷武，由此可以看出陸遜家族所具有中國士大夫讀書人的風骨。儘管陸遜從小喪父，跟隨母親在祖父家成長，可是整個家族所強調的「臨財勿苟得、臨難勿苟免」的教育方式已使陸遜深受薰陶，逐漸養成「貧賤不能移、威武不能屈」的端正人格。可以說東吳晚期若無陸遜家族（陸抗死後，孫皓使其五子晏、景、玄、機、雲分別掌陸抗之兵，繼續鎮守荊州）分擔內憂外患，孫皓也不可能苦撐十七年（二六四—二八〇）。看這樣的一個百年家族為國盡忠，能不令人撫今追昔乎？

黃蓋
孫皓
吳國太

十六、黃蓋、吳國太、孫皓

黃蓋在《三國演義》中主要的故事集中在第四十六回與四十七回。前者為有名的「苦肉計」，後者為「詐降計」。

「苦肉計」大家耳熟能詳，只可惜於史無據，何況黃蓋為了騙過曹操，情願被打得皮開肉綻，中國民間雖深信不疑，但畢竟值得討論。第一、黃蓋為東吳三朝元老，追隨過孫堅、孫策與孫權，忠誠度不容懷疑，曹操如何憑五十棍的毒打就採信他的歸降？第二、赤壁之戰前黃蓋就是主戰派，他曾對周瑜說：「吾頭可斷，誓不降曹！」儘管周瑜當時未表態，但顯然黃蓋的立場比周瑜還堅決（第四十四回）。如果這樣，他怎麼可能因不滿周瑜要大家領三個月糧草以待曹軍而臨陣倒戈？因此「苦肉計」的情節雖是羅貫中為了配合「詐降計」的演出，虛構了這個前奏，仔細推敲起來還是頗為牽強。

至於「詐降計」由闞澤遞上降書後，曹操原本不信，因降書中未言明何時來降，闞澤以「背主作竊，不可定期」說服了曹操（第四十七回）。此點看來也難讓人折服。因曹操狡詐，即使信，也應派人前往江東刺探黃蓋的意圖是否為真。

若回到正史，看《三國志・吳書・周瑜傳》注引《江表傳》中黃蓋的降書：「蓋受孫氏厚恩，常為將帥，見遇不薄。然顧天下事有大勢，（孫權）用江東六郡山越之人，以當中國百萬之眾，眾寡不敵，海內所共見也。東方將吏，無有愚智，皆知其不可，惟周瑜、魯肅偏懷淺戇，意未解耳。今日歸命，是其實計。瑜所督領，自易崔破，交鋒之日，蓋為前部，當因事變化，效命在近。」這其實才是曹操相信的理由，什麼苦肉計、闞澤遞降書都是羅貫中編派的戲劇效果。

看黃蓋寫的「降書」，其字字斟酌心思縝密的程度，可以想見這位文武雙全、智勇兼備的老將，不愧為東吳之寶。從最早他對周瑜提出「火攻」之計，到「降書」的內容，基本上就是一位全方位的戰略家。偏偏民間只記得苦肉計中的他，真不知這個角色是委屈了他，還是抬舉了他？

吳國太的故事出自《三國演義》第五十四回。那時劉備喪妻，周瑜建議孫權以假聯姻方式騙劉備至南徐（江蘇丹徒）成親，屆時可作人質以換回荊州。此事在喬國老（周瑜老丈人）出面道喜下，驚動了蒙在鼓裡的吳國太（孫權母親），孫權見事洩，只好供出原委，吳國太遂提議要在甘露寺看新郎，結果是丈母娘看女婿，越看越喜歡，孫權無奈，只好假戲真做了。這段情節雖屬虛構，但因有喬國老的通風報信與吳國太的干預主持，結果周瑜與孫權弄假成真，基本上除了是一場笑鬧劇外，還滿足了大家對劉備的同情。

其實按《三國志・吳書・妃嬪傳》，孫權的母親吳夫人並沒有妹妹，這位吳國太被說成是吳夫人的妹妹，而且與吳夫人同為孫堅妻，吳夫人死前交代孫權，須將其妹視為親生母。顯然羅貫中用了移花接木的手法。不過塑造另一個吳國太不僅無損於孫權母親的形象，反而因扭轉了整個故事的結局，使東吳賠了夫人（孫權妹）又折兵（周瑜兵），呈現出喜劇手法的效果，這是羅氏高明之處。

孫皓是孫權的孫子，長達八十五年的吳國歷史就結束在他手裡。赤烏五年（二四二）到赤烏十三年（二五〇），吳國宮廷出現太子孫和與四子孫霸的嫡庶之爭，直到前者被廢、後者被賜死，這場家族與政治內鬥才結束。但留給孫皓的卻是一堆爛攤子。

如果孫皓賢明，以他在位十七年（二六四—二八〇），應有機會整頓因前朝內鬥削弱的國力，偏偏這位末代皇帝個性殘暴，一上台就誅殺了當初向朱太后推薦他的兩個大臣濮陽興（丞相）、張布（原為左將軍，後升驃騎將軍），而且夷了他們三族，理由只是聽說兩人暗自後悔舉薦了他。更誇張的是：孫皓大宴群臣時，每每要臣子喝得酩酊大醉，之後再派黃門

（宦官）指出酒醉大臣之過失，這豈不是欲加之罪何患無辭？臣子們躲無從躲，只有視參加宴會如上法場。東吳的基業就在他的嚴刑峻罰、橫征暴斂與驕奢淫逸下，加速毀滅。

司馬炎滅吳後曾問：「孫皓之所以亡者，何也？」薛瑩回答：「皓之君吳也，昵近小人，刑罰妄加，大臣大將，無所親信，人人憂恐，各不自保，危亡之隙，實由於此。」（《三國志・吳書・薛綜傳》末注引干寶《晉紀》）薛瑩是誰？就是替孫皓捉刀寫降書的東吳大臣。他的父親薛綜，口才便給，文筆優美，曾任五官中郎將（四至五品官）、長史（秘書長，六品官）。有一次和蜀漢的外交官張奉在孫權的面前論及「蜀」，說「蜀」字加了犬是「獨」，少了犬才是「蜀」，而且是橫著目，用「苟」的身，再加「虫」入肚。幾句話下來，又是犬，又是苟（狗），又是蟲的，把蜀漢徹底嘲笑了半天，令張奉無可奈何。而薛瑩系出名門，不僅才思敏捷，還常直言規諫孫皓應減輕刑罰、減少勞役，無奈為此而得罪朝廷。由此可見孫皓的自取滅亡連東吳大臣都發自肺腑頷首同意，實在是怪不得別人！

現代人看東吳大業敗在孫皓手中，雖說又是一則富不過三代的例證，但至少東吳還有薛綜與陸遜等百年家族為延續中國文化的優良傳承，鞭策著自己的後代不逾矩與盡忠職守，這才是最值得學習與尊敬的地方。

凌統
孫權
甘甯

十七、凌統、孫權、甘寧

凌統、甘寧為東吳大將，但兩人之間有世仇。

建安八年（二〇三），孫權伐黃祖，凌操（凌統父）為甘寧（黃祖部將）射死，凌統奮力奪回父屍，其時才十五歲。建安十三年（二〇八），甘寧來降，孫權大敗黃祖，甘寧斬黃祖首級，孫權報了殺父之仇（《三國演義》第三十八回）。但凌統的父仇又如何善了呢？

後來念念不忘父仇的凌統，果然在一次筵間舞劍欲行刺甘寧，甘寧不甘示弱，使出雙戟抵擋。正緊張時，孫權至，勸二人「休念舊讎」，凌統則哭拜於地。後曹操領軍救合淝（肥），凌統出戰張遼，座騎為曹休所射，跌落馬來，樂進正欲刺之，冷不防甘寧一箭射中樂進面門，解了凌統之危。從此凌統、甘寧結為生死交（第六十七回、六十八回）。

看羅貫中筆下這則化干戈為玉帛的故事實在感人，不過遍尋《三國志》的〈凌統傳〉與〈甘寧傳〉，卻無以上情節，只說凌操隨孫權討伐江夏時中流箭而亡。倒是裴松之注中曾言及：「權討祖，祖軍敗，奔走，追兵急，寧以善射，將兵在後，射殺校尉凌操。」司馬光的《資治通鑑》可能據此亦記載了甘寧射殺了凌操的事蹟。於是羅氏先以此為藍本，再根據《資治通鑑》後來所敘：「始凌統怨寧殺其父操，寧常備統，不與相見。大帝（孫權）亦命統不得讎之。」演繹出「甘寧解凌統危，自此結為生死之交」的故事。

仔細看「甘寧百騎劫魏營」（《三國演義》第六十八回）這一段，其實是羅氏將「建安十八年曹操濡須退兵」以及「建安二十年孫權逍遙津失利」這兩段史實揉合成了「甘寧解凌統危」的故事（或許主因是當時甘寧均為先鋒）。濡須之役主角是甘寧，與曹操對峙月餘，而凌統則不在現場；逍遙津（安徽合肥東）之役主角則是凌統，當時甘寧雖為前鋒，卻來不及回軍與半路突襲孫權的張遼交戰，此時幸賴中軍凌統護駕，孫權得以遁走，甘寧不曾解凌統危。

了解這一段來龍去脈，可知死於逍遙津之役後兩年的凌統（僅二十九歲），終其一生都未和甘寧有任何交集（孫權為防範凌統報仇，將二人分兵兩地）。羅氏的生花妙筆昇華了兩人的關係，也符合中國文化追求合諧的核心價值。

至於《三國志》中到底對二人的評價如何？

凌統輕財重義，心胸寬大，好結交賢人。有一次，有人推薦凌統的同鄉盛暹給孫權，因其人格高尚，節操亦好。後此人半夜去見凌統，凌統起身相迎，真誠以待。由此可知其愛才的程度（《三國志・吳書・凌統傳》）。

當然，如果凌統果真「心胸寬大」，為何羅氏筆下卻始終要把他塑造成一位一心一意只想復仇的人？作為一位東吳大將，眼見殺父仇人投奔孫權，受到重用，心裡不舒服乃人之常情。羅氏在此藉復仇一事，又推演了一段他們和好的結尾，算是發揮想像力之作。如此看來，無論是《三國演義》中復仇者形象的凌統，或《三國志》中愛善者（親待賢人）形象的凌統，都值得重新審視。

至於甘寧，年輕時好行俠仗義，曾投奔劉表與黃祖，均不受重用，後轉投孫權，即提出過人的建議：先伐黃祖，後謀巴蜀。前者他分析「祖今年老，昏耄已甚，財穀並乏，左右欺弄，務於貨利，侵求吏士，吏士心怨，舟船戰具，頓廢不脩，怠於耕農，軍無法伍。」（《三國志‧吳書‧甘寧傳》）孫權聽了，果然再度攻伐黃祖，自此擁有江夏，掌握荊州。至於謀巴蜀之未成，主因在於周瑜很快死於巴蜀征途，使得孫權只好作罷。從這兩件事看甘寧，可知當初周瑜與呂蒙極力向孫權推薦他的高瞻遠矚。甘寧性雖粗暴，卻懂得善待部屬，這點也比鞭笞部下的張飛有智慧多了。

基本上，凌統、甘寧追隨孫權出生入死，屢建戰功，實是東吳初期不可多得的將才。尤其是凌統，在有名的逍遙津一役，率三百軍士抵擋張遼大軍，護孫權突圍後，再返回征戰，可謂英勇無比。後來孫權見凌統負傷回，驚喜萬分，還為其拭淚（凌統部下全部陣亡），並加倍補充其士兵人數。後來凌統過世時，孫權悲痛逾恆，食不下嚥，這情形也發生在甘寧過世時。他們二人與孫權君臣知己一場正可顯現孫權早期用人的睿智。

建安五年（二〇〇），孫策死前曾對孫權說：「舉江東之眾，決機於兩陣之間，與天下爭衡，卿不如我；舉賢任能，各盡其心，以保江東，我不如卿。」（《三國志・吳書・孫策傳》）以此觀孫權統治東吳前期，即西元二〇〇至二二九年，他的表現不僅有目共睹，也確實不負兄長重託。可惜晚年因多疑剛愎，致骨肉相殘、君臣猜忌，上下齊心的局面已不復見。到了西元二八〇年，東吳的半壁江山很快終結於孫皓之手，短短五十年（二三〇—二八〇），東吳由盛而衰而亡，儼然又是一齣「是非成敗轉頭空」的歷史劇本。

因此孫權一生，最值得看的就是他前期在「舉賢任能」上的表現。以魯肅而言，他是由周瑜推薦給孫權的，孫權不僅倚重他制定「鼎足江東」

的國家大計，而且接受「聯劉抗曹」的政策，使得周瑜在赤壁之戰中以少勝多擊退曹操，解除東吳的北方大患。接著拔呂蒙於微賤，後呂蒙不僅兵不血刃取了荊州，還確立了三分天下的局面。此外就是大膽啟用後起之秀陸遜，使劉備兵敗彝（夷）陵，蜀漢威脅不再。

孫權的「舉賢任能」還擴及孫策的班底，如張昭、張紘、程普、董襲、太史慈等，以及江北人士諸葛瑾、步騭、嚴畯等，甚至吸引了甘寧的歸順。東吳在短短數年內聚集了極為優秀的文武人才。

建安十八年（二一三）曹操攻打濡須口，見孫權「舟船器仗軍伍整齊」，曾發出「生子當如孫仲謀」之嘆！那時的孫權不過才三十歲。西元二二一年（漢獻帝已讓位，孫權稱臣於魏，封為吳王，尚無年號），東吳的趙咨出使曹魏，曾對曹丕說：「吳侯納魯肅於凡品，是其聰也；拔呂蒙於行陣，是其明也；獲于禁而不害，是其仁也；取荊州而兵不血刃，是其智也；據三江而虎視天下，是其雄也；屈身於陛下，是其略也。」（《三國演義第八十二回》這些事實的確反映了孫權統治初期的過人之處。

可惜東吳的衰敗也在孫權時期，這讓人極為感慨，中國專制王朝走的都是一條老路——成敗多由「人治」，而且中期以後還可以預測晚期的衰敗與滅亡。

但無論如何，孫權初期三十年的睿智領導恐怕亦是今天許多國家領導人做不到的事。試想一個政治人物一旦登上總統之位，可以維持三十年的英明領導，恐怕要笑掉現代人的大牙。西方學生對此，亦舉現代瑞士為例，國家領導人是由一個八人小組的機制輪流負責，每人擔任一年，藉此嚴格看管總統的權限，以防濫權越權，這樣的先見之明是建立在法律假設了人性容易為惡的基礎上。如此一來，瑞士人民也不在乎誰是領導人了，拿掉了領導人的光環，自然不會再迷信強人政治那一套。

看來中國的君主專制影響深遠，直到今天，百姓還對領導人寄予厚望，而不從建立更好的民主機制著手。

周瑜
蔣幹
魯肅

十八、蔣幹、魯肅、周瑜

「蔣幹盜書」是《三國演義》中頗為有趣的一段，故事是從第四十五回發展到四十七回。蔣幹原為曹操謀士，因與周瑜同窗，願替曹操前往東吳說降周瑜。第一次偷走了一封蔡瑁、張允謀反的偽信，曹操二話不說，立即將這兩位水軍都督斬了。第二次則與龐統回見曹操，龐統趁此獻上連環計，曹操遂將所有船隻皆以連環大釘鎖住。

前者曹操錯殺了兩位水軍大將，對曹軍水上作戰極為不利；後者拜龐統之連環計，東吳以火攻大敗曹軍。這是「蔣幹盜書」導致曹操赤壁戰敗的兩個主因。

不過在《三國志》中，不僅查無「蔣幹盜書」，水軍都督蔡瑁也沒有被誅，甚而連龐統的連環計也沒上場。也就是說蔣幹明明是一個「有儀容，以才辯見稱」的「高士」，到後來卻變成「小偷」，這頗像東吳的闞澤，也由「學者」變成了「漁夫」。這到底是怎麼一回事？看看元以前的戲曲，其實蔣幹、闞澤在「群英會」中早已是「小偷」和「漁夫」的角色，《三國演義》不過是借題發揮罷了。這種情形也同樣發生在魯肅和周瑜身上。

魯肅在《三國演義》中一直是以「忠厚」見稱，尤其是赤壁之戰前後對劉備集團「以和為貴」的原則讓人印象深刻。但其實在陳壽筆下，他是個奇才。這奇才拿到今天來看，不僅媲美周瑜，也不輸諸葛亮。

先看建安五年（二〇〇）他對孫權提出「鼎足江東」之策，這比諸葛亮的「隆中對策」（建安十三年）早了七八年。所謂「鼎足江東」與「隆中對策」，基本上都是以「三分天下」為基調，不過立場稍有不同，前者指曹操、孫權、劉表，後者則為曹操、孫權、劉備。

魯肅的「鼎足江東」之策，在初期不僅影響孫權採「聯劉拒曹」的外交政策，甚而後來的赤壁之戰，他與周瑜的「主戰派」使孫權以「孫劉聯盟」擊敗曹軍，成為史上知名的以少勝多的戰役，曹操亦從此北遁，三分天下的形勢得以確立。

再看建安十五年（二一〇）周瑜病逝後，魯肅力主「荊州借劉備」一事。孫權後來雖認為是失策，但此事在今天許多三國專家看來，不得不佩服魯肅的先見之明——由關羽打頭陣對付曹操，東吳可穩坐江東。儘管荊州後來為呂蒙收復，但東吳為全力準備與劉備的彝（夷）陵之戰，不僅削弱了自己的國力，且導致曹丕趁隙攻吳。從後來孫權再度恢復吳蜀聯盟可以看出魯肅一生堅持「孫劉聯盟」的戰略意義。因此《三國演義》中塑造的「忠厚長者」魯肅，根本不足以表達其「過人之明」的十分之一。

至於周瑜則更是被扭曲得厲害了。在正史中，周瑜明明是「性度恢廓」（《三國志・吳書・周瑜傳》）與「雄姿英發」（宋蘇軾〈赤壁懷古〉）

的大將軍，為何竟成了「器量狹小」之人？

先看周瑜的簡史。建安五年（二〇〇），孫策死，他推薦魯肅給孫權，確立東吳的「鼎足江東」之策；建安七年（二〇二），勸孫權勿遣子往曹操處為人質，以徐觀天下之變；建安十三年（二〇八），赤壁之戰力主抗曹，提出曹軍南犯四忌，最終以少勝多；建安十四年（二〇九），敗曹仁取南郡，後箭傷復發，死於建安十五年（二一〇）進軍西川的巴丘（湖南岳陽）途中，年三十六。

基本上周瑜被貼上「器量狹小」的標籤都和劉備集團有關。先是赤壁之戰的「孫劉聯盟」，接著是建安十四年的「美人計」（此乃孫權之計），最後是建安十五年的「攻打西川」。

赤壁之戰首先就誇大了諸葛亮的幾個招數——草船借箭、巧借東風（於史無據），貶抑了周瑜和魯肅（前者過於驕傲，後者過於老實）。

「美人計」則被誤為是周瑜建議孫權以妹孫夫人先迷住劉備，再賺取荊州。這其實很傷周瑜的形象，因為要「進妹固好」的是孫權自己，而非周瑜。至於周瑜所提「美人計」則在建安十五年，那時劉備已和孫夫人於前一年完婚，來到建業（南京）見孫權，希望能分撥長江以北四郡（零陵、桂陽、武陵、長沙）以抵曹軍。周瑜則趁機建議盛築宮室，供應美女，以娛劉備。可惜孫權未採。要不然這前後兩個「美人計」很可能讓劉備受困於江東，關羽、張飛則在周瑜的計畫中被分置一方，三人自無壯大的可能。

至於「攻打西川」則明顯對蜀漢不利，再加上周瑜死於途中，在尊劉的概念下（元以後的戲曲小說開始傾向尊劉的立場），自然發展出對周瑜不利的解讀。從「諸葛亮三氣周瑜」的戲碼受人歡迎的程度，可以看出周瑜之死已被醜化為心胸狹窄之故。其實周瑜非但不是被氣死，反而是因行軍打仗時總帶著箭傷上戰場，終於在巴丘心力交瘁而亡。他的死不僅值得尊敬，也可媲美諸葛亮的「鞠躬盡瘁，死而後已」。

從蔣幹、魯肅、周瑜的民間形象與正史描述的落差，可知許多三國人物只要不是劉備集團，大概都躲不過被羅貫中或者毛宗崗消遣的命運。

孔融
太史慈
陶謙

十九、孔融、陶謙、太史慈

孔融、陶謙、太史慈的故事在《三國演義》中是一個牽著一個的。

漢獻帝初平四年（一九三），曹操父曹嵩為陶謙部將張闓（原為黃巾餘黨）所害，曹操發誓要血洗徐州，為父報仇。北海（山東青州昌樂）太守孔融與陶謙交情深厚，聞徐州告急，願出兵相救，無奈黃巾賊已兵臨城下，自顧不暇。此時太史慈受母親重託，前來解圍，孔融告知要解圍應前往劉備處求救兵，太史慈乃奮勇殺出城去，單槍匹馬見了劉備。劉備只說了一句：「孔北海知世間有劉備耶？」立即點兵三千，與關羽、張飛馳往北海，敗黃巾賊，解孔融危。

後孔融邀劉備同往救陶謙，劉備自覺兵微將寡，答應先往公孫瓚處借得三五千人馬，再與孔融會合。孔融請劉備勿失信，劉備答稱「人無信不立」，後果然與孔融一起進駐徐州。陶謙感劉備義舉，欲將徐州印讓之，劉備堅拒，理由是：遠來相助，只為大義，不願背負吞併的罪名。此為陶謙第一次讓徐州。

後呂布攻兗州（山東、河北一帶），曹操腹背受敵，遂從徐州退兵。陶謙大喜，當著孔融面，再請劉備領徐州，劉備仍堅辭，理由是：無端據之，天下將以劉備為無義之人。不過卻答應屯軍小沛，從旁保護徐州。此為陶謙第二次讓徐州。

後陶謙病重，再請劉備領徐州牧，劉備問謙為何不傳二子，陶謙答稱二子皆不才。後劉備在關羽、張飛再三相勸下，勉強受印。這是陶謙第三次讓徐州。時為漢獻帝興平元年（一九四）（第十一回、十二回）。

由孔融、陶謙、太史慈牽引出「三讓徐州」的故事，目的很簡單，為的是凸顯劉備的仁義。不過此故事倒是可以引發出我們對正史中孔融、陶謙、太史慈三人的關注。

孔融是孔子二十世孫，自小聰穎，其「讓梨」故事至今傳為美談。十歲時曾往見李膺（河南太守），門人不讓他進去，孔融答稱與李家係世交才得以進門。後李膺問他，李家和孔家祖先有何世交關係，孔融說以前孔子曾問禮於老子（李耳），怎麼不是世交呢？後陳煒至，李膺指著孔融說是奇童，陳煒則認為小時了了，大未必佳。孔融立即接口道：「如君所言，幼時必聰明者。」陳煒聽了笑稱：「此子長成，必當代之偉器也。」

不過孔融這個「偉器」卻以「忤逆」著稱。董卓時他即因發言相諫，外調北海相。北海六年，雖得人心，曹操仍召至許昌，後亦因相諫而遭忌，死時妻小均被誅，時為建安十三年（二〇八）。之前孔融素與吳郡太守盛憲相善，但盛憲因有高名，向為孫策所忌，建安三年（一九八），孫策據江東，囚禁盛憲，欲殺害之。孔融為此致書曹操，請其救之，可惜信未至，盛憲已死於孫權之手（建安九年）。而孔融有名的〈論盛孝章書〉則廣為流傳。文中開頭：「歲月不居，時節如流，五十之年，忽焉已至，公為始滿，融又過二，海內知識，零落殆盡，惟會稽盛孝章尚存。……」先與曹操敘舊，再點出人才凋零，惟盛憲尚存。之後舉齊桓公、燕昭王招賢為例，促曹操說孫權。顯然孫權未刀下留人的原因和孫策在世時不喜盛憲有關。而當時曹操和孔融的關係亦值得關切，從孔融於建安九年所作的〈論盛孝章書〉來看，當時曹操雖來不及救盛憲，但這封信的內容，顯然也在試探曹操是否真有招攬人才的胸襟，結果正忙於兼併北方袁紹父子的青、冀、幽等州的曹操，哪還管得了區區一個盛憲？從盛憲之死即可預知孔融之死，從孔融之死即可預知楊修之死。盛憲雖未直接死於曹操之手，但在孫策時代遭忌且被囚禁，是大家都知道的事，何勞孔融致書曹操營救，曹操若真愛才，之前就不會借刀殺禰衡了。盛憲之死就像孔融文中所說：「……諸侯有相滅者，桓公不能救，則桓公恥之。」由此而知曹操既非桓公之流，又怎麼可能對盛憲有救援之心呢？

陶謙在《三國演義》中「三讓徐州」的故事其實是虛構。與《三國志・魏書・陶謙傳》對照，陶謙之所以能擔任錢糧豐足的徐州牧是因為他走後門（獻貢給天子）得來的。在徐州任內，他不僅疏遠忠直耿介之士，還重用性喜諂媚的小人。曹操兩度征討他，第一次確實是在西元一九三年，但非為父親之死；第二次是在西元一九四年，曹操為父東伐陶謙，陶謙卻病死，立遺囑要劉備領徐州牧。因此看羅貫中穿針引線地將曹操兩次征討陶謙寫成第十一回「劉皇叔北海救孔融」與第十二回「陶恭祖三讓徐州」，其事蹟的感人，除了讓劉備的義行一再受人景仰外，也讓一個走後門的徐州牧成了受人推崇的君子，小說的是非曲直影響後人至鉅，由此可知。

太史慈原是東萊郡（山東）人，後因犯事躲往遼東，母親無人照看，孔融常派人問候，並送吃食。後太史慈返家，母親告知孔融周濟一事，並要太史慈前往救援被困的孔融。太史慈為報孔融之恩，義不容辭前往劉備處求救兵。這一段故事出自《三國志・吳書・太史慈傳》，主角雖是太史慈，但其實是表揚他背後的母親——知恩圖報的美德。

當然，有其母必有其子，太史慈也有一段「言出必行」的故事。揚州刺史劉繇與太史慈為同鄉，太史慈從遼東返回時，欲投靠劉繇，途中遇見孫策，二人旗鼓相當地大戰了一場，孫策當下即對太史慈印象深刻。後來劉繇棄軍逃亡，太史慈為孫策所擒，孫策基於愛才，加以任用。後劉繇死，孫策派太史慈前往豫章（江西南昌）接收劉繇一萬多人的部隊。那時有人告知孫策，太史慈大約不會回來了，孫策不信，親口問他幾時回來，太史慈答稱不超過六十天。後果然如期返。

這樣的人格，難怪在盛年四十一歲死前，曾感嘆地說：「丈夫生世，當帶七尺之劍，以升天子之階。今所志未從，奈何而死乎！」

陳壽對太史慈的評價是：信義篤烈，有古人之分。看來太史慈的信義連當時的人都覺得難得。

雖然陶謙在孔融與太史慈的故事中被提升了人性，但可以想像羅貫中不如此寫，交織不出人性的光輝，而《三國演義》「三讓徐州」的情節也不會因一個屢「讓」一個屢「不受」而如此吸引人。

楊修
禰衡
陳宮

二十、楊修、陳宮、禰衡

楊修、陳宮、禰衡之死，皆和曹操有關。

建安二十四年（二一九），曹操屢攻漢中不克，一日，軍中夜間以「雞肋」為口令，隨軍主簿楊修立即猜出曹操有退兵之意。因「雞肋者，食之無肉，棄之有味」，故曹操「進不能勝，退恐人笑，在此無益，不如早歸」。儘管楊修猜對了，卻也因此被誅。

其實楊修在「門闊」事件與「一合酥」事件中也早已犯忌。前者是曹操嫌門太闊，在門內寫一「活」字，為楊修猜出；後者是曹操在食盒上寫

「一合酥」三字，楊修竟解讀成「一人一口酥」，並與眾人分食。曹操據此二事，認為楊修居心叵測。

後曹操因自稱有「夢中殺人」習慣，警告近侍睡中不可接近。結果楊修竟毫不留情面，拆穿他的西洋鏡，於悼念被殺的近侍時說：曹操並未做夢，是你自己在做夢啊！曹操得知後，更加忌恨他（《三國演義》第七十二回）。

此外，楊修的身分是袁紹的外甥，其父楊彪曾遭曹操誣陷下獄，再加上楊修捲入曹丕與曹植之爭，曹操乾脆先斬後奏，對其父楊彪說：「足下賢子，恃豪父之勢，每不與吾同懷，即欲直繩，顧頗恨恨，謂其能改，遂轉寬舒；復即宥貸，將延足下尊門大累，便令刑之。念卿父息之情，同此悼楚，亦未必非幸也。」（《曹操文集》〈與太尉楊文先書〉）言下之意，楊彪是豪父，楊修是逆子，殺楊修還可免父之過，這父子兩代得罪曹操也未免忒重了！其實稍微翻閱一下《後漢書・楊震傳》，即知楊修祖父楊震乃東漢名儒，為政清廉，屢次上疏批評時政，曾以「政以得賢為本，理以去穢為務」要求安帝劉祜遠離小人，結果反遭小人指控，服毒自盡，徹底表現了士大夫不畏權勢的風骨。以此推之楊修，從小耳濡目染，憑其「恃才放曠」的個性，頻與曹植交遊，即使當時不得罪曹操，將來也必遭曹丕毒手。幸虧早死，而且是曹操之手，楊家風骨，豈不更加名垂千古！

陳宮前後曾跟隨過兩人，一是曹操，一是呂布。前者是在獻帝初平二年（一九一），曹操任東郡（河南濮陽）太守時。後者是在興平元年（一九四），曹操第二次征討徐州時。

按《三國演義》第四回寫法，曹操因刺殺董卓不成，畏罪潛逃，至中牟（河南境），為縣令陳宮所擒。陳宮知其有誅董卓之志，遂棄官與操同去。途中，見曹操錯殺故人呂伯奢全家，且說出：寧教我負天下人，休教天下人負我。決定棄操而去。

此段所言，似乎已成了陳宮不恥曹操所為因而離去的理由。其實按《三國志》，曹操逃離的時間是在西元一八九年，當時不可能認識陳宮。所以羅氏將此事套在陳宮身上，恐怕就是為了以陳宮死時的慷慨就義凸顯曹操的忘恩負義。

到底陳宮是怎麼死的？

西元一九四年，曹操二度進軍徐州，之前曾殺九江太守邊讓，再加上曹軍沿路濫殺無辜，致使陳留太守張邈與陳宮決定叛曹，迎呂布為兗州牧。從此陳宮就留在呂布身邊，直到西元一九八年為曹操所擒殺。

《三國演義》第十九回陳宮死前與曹操的對話極為感人。操曰：「公臺別來無恙？」宮曰：「汝心術不正，吾故棄汝！」操曰：「吾心不正，公又奈何獨事呂布？」宮曰：「布雖無謀，不似你詭詐奸險。」若與《三國志》對照，陳宮死後，「操召養其母終其身，嫁其女，撫視其家，皆厚於初。」如此看來，曹操對陳宮還是盡到了故友的義氣與責任。

至於禰衡之死在《三國演義》第二十三回，「禰正平裸衣罵賊」亦可謂羅氏精彩代表作之一。那時曹操欲招安荊州劉表，孔融薦禰衡出使，禰衡至，先把曹操幕僚罵成飯桶，後曹操請其擔任鼓手，在大宴賓客時，禰衡竟然「裸體而立，渾身盡露」。曹操只好改送劉表處，欲借其手殺之，劉表不願害賢，再送往黃祖處，黃祖憤其眼中只有孔融、楊修，乾脆殺之。後劉表將其葬於鸚鵡洲（漢陽），曹操聞之，只說了一句：「腐儒舌劍，反自殺矣！」其實禰衡不僅死於曹操與劉表的借刀殺人，也死於他們的不識人。

京劇中有名的「擊鼓罵曹」，說的就是禰衡。可以想像這位狂人擊鼓後，以赤身裸體之清白，大罵曹操「眼濁、口濁、耳濁、身濁、腹濁、心濁」之俗不可耐，誠可謂舞台上永恆的標記。

筆者有幸，於二〇〇七年九月在台北新舞台欣賞了一齣由京劇名角李寶春先生搬演的新戲「陰陽罵曹」。李先生為此特地前往大陸向高齡九十四的倪傳鉞大師學戲，將京劇「擊鼓罵曹」與崑曲「陰罵曹」做一整合，務求推陳出新。果然李先生飾演的禰衡在一陣振奮人心的鼓聲中罵完曹操後，因不甘心冤死，繼續到陰間罵曹。場景的轉換除了借重燈光、服裝外，在唱、念、做、打（鼓）中可以對照出京劇與崑曲的不同韻味，殊為不易。

尤其是「陰罵曹」上場時，樂器由京胡改為笛子伴奏，藉此烘托出一股幽盪空靈的神秘氛圍，發人深省。無論是「擊鼓罵曹」或「陰罵曹」，李先生站在舞台上的身影，不僅成功地詮釋了性格剛直的禰衡，也讓這歷史的標記轉換為自己戲劇舞台上永恆的標記。

看楊修、禰衡死於狂放不羈，陳宮死於時運乖舛，但三人死前均了無懼色，可謂人生無憾。現代人最起碼可以從他們身上看到知識分子的無畏與堅持。不過《三國新紀》編著者陳健夫先生對禰衡之死卻有不一樣的看法，他認為：「操愛才、惜才，亦知自愛，有其遠慮。士逢亂世，除際遇非常，宜乎藏之，以保其身。禰衡自負，天下之大，何處無發揮之地，何必枉死於暴徒之手乎？可哀亦復可惜也。」相信也有人同意「士逢亂世，不必枉死」的立場。

龐統
徐庶
王允

二十一、龐統、徐庶、王允

龐統雖與徐庶在《三國演義》第三十五回一起上場，但並未露面。那時劉備剛從襄陽逃至司馬徽處，聽說「伏龍、鳳雛，兩人得一，可安天下」，即夜不成眠，一心一意想求得此二人。後在途中遇徐庶，納為軍師，破了曹仁的「八門金鎖陣」，曹軍大敗。曹操為此以徐母手書賺取徐庶至許昌，徐庶事母至孝，臨行前特薦諸葛亮給劉備，並告知「伏龍」乃諸葛孔明，「鳳雛」乃襄陽龐統也（第三十六回）。

後劉備三顧茅廬，請出諸葛亮，龐統則要到第四十七回「巧授連環計」

才真正露面。按羅貫中所寫，赤壁之戰中的火攻與連環計，均出自於龐統，其實《三國志・龐統傳》中根本無此記載，但很多人還是願意把這份功勞記在他身上。就像徐庶「走馬薦諸葛」，按《三國志・蜀書・諸葛亮傳》，建安十三年（二〇八）劉備在當陽為曹操所敗，諸葛亮和徐庶都在現場，這表示徐庶並非離開前才薦諸葛亮給劉備，羅貫中寫「走馬」讓很多人相信那是徐庶臨行前的義氣。

儘管「走馬薦諸葛」與「巧授連環計」分別是徐庶和龐統最具代表性的情節，但羅氏後來又創作出「徐母自殺」以及「龐統任耒陽（湖南衡陽）縣令」這兩段後續，內容更值得關注。

建安十三年，曹操以徐庶老母招降徐庶，徐母聞知，當場罵他「棄明投暗，自取惡名，真愚夫也！」之後即因羞慚而自縊於梁間（《三國演義》第三十七回）。

對現代人而言，這是一則雙輸的故事。徐庶因老母而歸順曹營，但老母卻因其歸降而自殺，這是「忠孝兩失」的悲劇！羅貫中這麼寫，叫天下母親太沉重。徐庶原本是顧及老母安危，不得已而投身曹營，無可厚非；但徐母卻自責教子無方，有辱家門，以死謝罪，導致一場家庭悲劇。這「忠孝不能兩全」的故事必須由徐母出面收拾善後，情何以堪！

建安十四年（二〇九），劉備領荊州牧，請龐統任耒陽縣令。一日，張飛前往視察，見龐統宿醉未醒，怒責之。龐統醒後，當面將百餘日所積壓公文了斷完畢，張飛方知大才小用，委屈了龐統。後劉備得知，立即下階請罪（《三國演義》第五十七回）。

其實這一段並未讓龐統人格加分。第一、他恃才傲物，看不上一個小地方官。第二、整日酩酊大醉，不理正事。第三、積壓公文百餘日，不知民生疾苦。第四、不到半日竟將所積百餘日公文了斷完畢，其粗糙程度可以想見。第五、劉備何罪之有？

整個過程誇張了龐統的荒唐與自大，和之前羅氏寫龐統因容貌醜陋，其才不為孫權重用深獲大家同情相較，此段反見龐統心態之不平衡。

所幸徐母自殺與龐統宿醉（按《三國志・蜀書・龐統傳》，龐統任耒陽縣令時被免官，是因無法治理好縣政）均屬虛構，但至少羅氏反映了當時的社會價值觀。前者讓西方學生嘆為觀止之處，即在母親必須為孩子的行為負責，即使他已經成年。因此徐庶既然是在這樣的中國社會中長大，為何當時就沒有替母親想到面對社會指責時的精神壓力，卻只考慮母親的安危？其實曹操殺徐母只會引起世人的訕笑，徐庶若聰明，應該想通這一點。所以西方學生的結論是徐庶離開劉備不僅糊塗，也辜負母親所教，可以說完全失去一個知識分子應有的思考深度，而且還假「孝順」之名行「不忠」之實。果然他至曹營後，並未終生不獻一策，甚至還官至右中郎將（四品）、御史中丞（四品），而且直到曹丕時代，並非一生寂無所聞。

至於「龐統宿醉」一事亦讓西方學生看出中國人喜愛做大官的心態。其實從一個基層的小縣令磨練起，對龐統應該是駕輕就熟才是，沒有必要整日爛醉如泥以示抗議，倒楣的是升斗百姓。羅氏寫法雖帶有幽默用意，其實是反諷了長期以來中國公僕的不良素質，既不按時上下班，也不按規矩辦案，領的是國家薪水，卻混水摸魚、喝酒睡覺。如此官場文化，演變至今處處可見花公帑大肆採購與出國旅遊。羅氏寫龐統的宿醉，只是呈現了小官心態不平的一面，比起高官巧取豪奪、貪汙受賄受人唾罵的程度，龐統只能博君一粲了。

王允的故事最有名的是《三國演義》第八回「王司徒巧使連環計」。可惜此計和龐統的連環計都是子虛烏有，因為歷史上根本就沒有貂蟬這個美女，王允又如何施展美人計去挑撥呂布與董卓的嫌隙？不過董卓確實是死於王允與呂布合謀，但同年王允亦死於董卓部下李傕、郭汜之手。

漢獻帝初平三年（一九二）夏四月，董卓死，王允夷其宗族。六月，董卓部下涼州兵攻陷長安，殺王允及百官，殃及萬餘人。短短兩個月內，長安百姓心情由高峰跌至谷底。不過要負最大責任的就是王允。王允誅董卓後，自恃功大，與呂布失和，且殺了才子蔡邕（與董卓親近），再加上李傕、郭汜上表求赦，王允不允，董卓舊部震撼，傳言王允將誅盡涼州兵。後又有賈詡建議李傕應為董公報仇，這一煽風，王允的命就沒了。

不過《三國演義》寫王允死前，李傕、郭汜曾責問他為何不肯相赦，王允只罵他們逆賊，而未多加解釋。從後來李傕、郭汜夾持漢獻帝來看，如果王允當初能接受他們歸順，不認為他們是逆賊的話，這段歷史恐怕就要改寫了。處於瞬息萬變、多災多難的東漢末年，固執不知變通如王允者，又怎麼可能「巧使連環計」？

郭嘉
曹操
賈詡

二十二、郭嘉、賈詡、曹操

郭嘉、賈詡都是曹操身邊的核心謀士，曹操在官渡之戰前後能迅速坐大，這兩位謀士可謂居功厥偉。

郭嘉原本依附袁紹，後見袁紹優柔寡斷，經荀彧推薦，在曹操領兗州牧時投了曹營。從此展開一段千里馬遇伯樂的一生。

建安元年（一九六），呂布攻劉備，劉備無奈，只好投奔曹操，荀彧建議殺之，郭嘉以為不可，理由是：劉備素有英雄之名，若殺之，是害賢也。曹操同意（《三國演義》第十六回）。

後曹操欲攻袁紹，郭嘉提出「紹有十敗，公有十勝」之說，並建議仿效高祖劉邦智取項羽，曹操從之，決定先取呂布（第十八回）。

建安三年（一九八），曹操攻呂布不下，郭嘉建議決沂、泗之水淹下邳城（江蘇境）。呂布果然被擒殺（第十九回）。

建安五年（二〇〇），劉備反曹，操腹背受敵，郭嘉分析北方袁紹無快速出擊之可能，應先進軍劉備所在地小沛（江蘇沛縣）。曹操因此順利擊潰劉備，生擒關羽。同年，孫策死於刺客之手，果如郭嘉所料——「輕而無備，性急少謀，乃匹夫之勇耳；他日必死於小人之手。」這也是郭嘉告知曹操孫策不足懼的理由（第二十九回）。

建安七年（二〇二），袁紹死，曹操欲北攻袁譚、袁尚，郭嘉獨排眾議，建議先南征荊州劉表，以觀其變，後袁氏兄弟果然自相殘殺，曹操遂平定冀州（第三十二回）。

建安十二年（二〇七），曹操在郭嘉建議下北征烏桓，途中，曹軍棄錙重，輕裝攻其不備，大敗烏桓。後遼東太守公孫康斬袁熙、袁尚，亦不出郭嘉所料——「公孫康久畏袁氏吞併，二袁往投必疑。若以兵擊之，必併力迎敵，急不可下；若緩之，公孫康、袁氏必自相圖，其勢然也。」此為有名的「郭嘉遺計定遼東」，而曹操至此亦完全統一北方。同年，郭嘉死，才三十八歲（第三十三回）。

若與《三國志》對照，《三國演義》並沒有特別誇大郭嘉的部分，尤其曹操說：「奉孝死，乃天喪吾也！」一點兒都沒錯，建安十三年，曹操敗於赤壁，脫走華容道時還大哭：「若奉孝在，決不使吾有此大失也！」曹操之嘆道出了郭嘉生前在其心中與曹營的份量。之後曹操亦曾三次致書荀彧，追悼郭嘉「通達，見世事無所疑滯，欲以後事屬之。何意卒爾失之，悲痛傷心！今表增其子滿千戶，然何益亡者！追念之感深。且奉孝乃知孤者也。天下人相知者少，又以此痛惜，奈何！奈何！」（《曹操文集‧與荀彧悼郭嘉書》）懷念郭嘉之情溢於言表。

賈詡在黃巾之亂時曾為董卓部下，後董卓死，曾追隨張繡，並於建安四年（一九九）力勸張繡歸降曹操，其理由有三：「夫曹公奉天子以令天下，其宜從一也。紹彊盛，我以少眾從之，必不以我為重；曹公眾弱，其得我必喜，其宜從二也。夫有霸王之志者，固將釋私怨以明德於四海，其宜從三也。」（《三國志・魏書・賈詡傳》）為此曹操特別感激他，將其納為核心謀士。

建安五年（二〇〇），曹操與袁紹相持於官渡，曹軍糧盡，曹操問計於賈詡，詡分析曹操有四勝：明智、勇氣、用人、決機。並建議以「決機」出奇制勝，曹操遂突襲袁軍屯糧處，並集中軍力大敗袁紹連營三十多里。官渡之勝使曹操成為北方的新霸主。

建安十三年（二〇八），曹操拿下荊州，欲乘勝追擊，遭賈詡反對，理由是：連年征戰，於軍不利，應以荊州之饒「以饗吏士，撫安百姓，使安土樂業，則可不勞眾，而江東稽服矣。」（《三國志・魏書・賈詡傳》）可惜曹操不聽，果於赤壁大敗，統一夢碎，三國鼎立。

建安十六年（二一一），曹操與韓遂、馬超戰於渭南，賈詡獻離間計，韓遂、馬超失和，曹操坐收漁利，佔有關中（《三國演義》第五十九回）。

建安二十一年（二一六），曹操欲立太子，苦於曹丕、曹植之爭，問計於賈詡，賈詡舉袁紹、劉表（寵溺幼子引起政爭）為例，曹操聽之，遂立曹丕為嗣（第六十八回）。

建安二十五年（二二〇），曹操死，曹丕欲伐吳、蜀，問賈詡何者為先，賈詡諫：「吳蜀雖蕞爾小國，依阻山水，劉備有雄才，諸葛亮善治國，孫權識虛實，陸遜見兵勢，據險守要，泛舟江湖，皆難卒謀也。用兵之道，先勝後戰，量敵論將，故舉無遺策。臣竊料：群臣無備權對，雖以天威臨之，未見萬全之勢也。」（《三國志‧魏書‧賈詡傳》）曹丕一聽，竟然說魏沒有與劉備孫權相抗衡的人才，心裡不悅，執意於黃初三年（二二二）攻吳，果敗。

黃初四年（二二三），賈詡死，享年七十七。陳壽給予極高的評價：算無遺策，經達權變。這評價也適用於早逝的郭嘉。

從郭嘉到賈詡，可以看出曹操成敗的兩個關鍵點：一、官渡之戰前對郭嘉言聽計從，屢戰屢勝，得以平定北方。二、郭嘉死後，赤壁之戰前不聽賈詡諫，終至潰敗，不復南進。

曹操初期創業維艱，唯人才是用；坐穩江山後，謀士的忠言逐漸逆耳，赤壁之敗即為一例。後因忌才，妒殺華佗、孔融、楊修、許攸、崔琰、荀彧等人，其模式與歷代掌權者雷同。若和袁紹、孫權相較，曹操執政後期的殘酷心態則有過之而無不及。

近日聞大陸有人將曹操媲美清朝最好的皇帝康熙，其實只要比較兩人晚年的缺失——曹操失於妒才（斬殺人才）、康熙失於寬厚（寬宥屬下，甚至康熙五十一年還宣布「永不加賦」），即知那是對曹操的一種過譽。

因此看曹操一生，應以許劭（東漢名士）所言「治世之能臣，亂世之奸雄」（或橋玄所言「亂世之英雄，治世之奸賊」）為最公允的評價。儘管曹操曾因用人成功，被視為傑出的軍事謀略家；也因才華洋溢，躋入三國文學之林，但畢竟屠殺徐州百姓（一九四）以及誅殺知識分子都使其人格蒙上汙點。現代人從郭嘉、賈詡的一生檢視曹操，也不失為另一種角度。

許攸
曹丕
甄氏

二十三、許攸、甄氏、曹丕

許攸的故事要看官渡之戰。建安五年（二〇〇），袁紹與曹操對峙於官渡（河南中牟北）長達半年之久，袁紹一直無法取勝，曹操也因缺糧，陷入進退兩難之境。此時謀士許攸向袁紹進言：趁許昌空虛，夾擊曹操後方。可惜袁紹不聽，許攸無奈，轉投曹營。曹操聞許攸至，高興得連鞋都來不及穿，出往迎接。許攸告知：烏巢（河南延津東南）乃袁紹屯糧處，可派兵襲之，並燒其糧草，不出三日，袁紹自敗。果然這一把火燒得袁紹一敗塗地，曹操則因官渡大捷，扭轉劣勢，得以統一北方。許攸可謂官渡之戰中舉足輕重的要角（《三國演義》第三十回）。

再看《三國志・魏書・武帝紀》注引《曹瞞傳》中對「許攸問糧」精彩的描繪。

公聞攸來，跣出迎之，撫掌笑曰：「子遠，卿來，吾事濟矣！」既入坐，謂公曰：「袁氏軍盛，何以待之？今有幾糧乎？」公曰：「尚可支一歲。」攸曰：「無是，更言之！」又曰：「可支半歲。」攸曰：「足下不欲破袁氏邪？何言之不實也！」公曰：「向言戲之耳。其實可一月，為之奈何？」攸曰：「公孤軍獨守，外無救援而糧穀已盡，此危急之日也。今袁氏錙重有萬餘乘，在故市（河南延津）、烏巢，屯軍無嚴備；今以輕兵襲之，不意而至，燔其積聚，不過三日，袁氏自敗也。」

文中可以看出兩人的攻防戰，許攸頻頻用話套曹操，曹操見瞞不過才說出真相：只剩一個月的糧。而《三國演義》則進一步再借許攸之口戳穿曹操的謊言，說曹營根本已是糧盡了。無論是《三國志》或《三國演義》都足證許攸攻破曹操心防的便給口才，同時亦不愧為曹操昔日故友。

許攸雖因襲烏巢之計立下大功，但後來卻仗恃著這「故友」的身分，出言不遜，終為曹操所誅（《三國志‧魏書‧崔琰傳》）。不過在《三國演義》中他的結局卻是為曹操大將許褚所殺，原因是許攸在許褚面前自誇沒有他，他們（許褚等大將）無法安然進出東門，許褚一聽，自己奮勇殺敵，才奪得城池，竟然在許攸眼裡如同匹夫，大怒之下，立斬了許攸（第三十三回）。無論如何，從許攸之死還是可以看出曹操容人的雅量不足。

甄氏原為袁紹次子袁熙之妻，建安九年（二〇四），曹操攻克鄴城（河南臨漳），平定冀州時，為曹丕所獲，納為妻室。有關甄氏的記載在《三國志‧魏書‧后妃傳》中其實不多，只說她三歲喪父，十多歲時，因地方戰亂，收成不好，許多百姓變賣財物以換取糧食，她反勸母親以家中存糧賑濟災民，由此可知其所受教育良好。後為曹丕后，生子曹叡，於曹丕登基（二二〇）前失寵，賜死於黃初二年（二二一）。

看這樣的一段故事，只覺得甄氏進宮後和歷代許多佳麗的下場沒什麼兩樣，但因為有曹植〈洛神賦〉的烘托，很多人相信洛神宓妃就是甄氏，而且認為曹植字裡行間充滿對甄氏的感傷。自此以後有關甄氏的一切，都成了坊間喜歡研究的對象了。

先看甄氏失寵以及被賜死的原因。據《三國志・魏書・明帝紀》記載，曹叡是因母親甄后被賜死五年後，直到曹丕病危時，才被立為太子，如此拖延，顯然受甄后影響。再看《三國志・魏書・后妃傳》，甄后被殺的兩個原因，一是郭后獲寵，一是失意發怨言。曹丕黃初三年（二二二）欲立郭后時，大臣曾諫：未有以妾為夫人之禮。曹丕不聽，仍立之。很明顯地甄氏死前失寵的原因即和郭后有關，不管甄氏是否曾「發為怨言」讓曹丕聽到，至少在一千多年前的中國社會如此抱怨已算大膽。若曹植的〈洛神賦〉果真是對甄氏之死一掬同情之淚，那他最起碼還是看出權力結構下失寵女性的悲哀。（基本上，學者專家對曹植〈洛神賦〉的看法應屬自憐自艾之作。）

其次，曹叡的生父到底是誰？據裴松之推測，甄氏在建安九年（二〇四）為曹丕所納，曹叡應生於建安十年（二〇五），但曹叡死於景初三年

（二三九），怎麼算都不至於三十六歲，可是《三國志・魏書・明帝紀》卻清清楚楚說他享年三十六歲。因此甄氏被納時可能已懷孕，曹叡應是袁熙的後代。不過也有史學家為此再修正曹叡生年為建安十一年（二〇六），享年三十四歲。但是這八卦的話題已滿天飛了，就像曹操當初是否亦對甄氏有意，只是被曹丕捷足先登而已，至今也是講不清了。

曹丕在位六七年，政績遠不及曹操一半。不過他在文學造詣上倒是承襲了曹操的才華。其七言詩〈燕歌行〉：「秋風蕭瑟天氣涼，草木搖落露為霜。群雁辭歸鵠南翔，念君客游思斷腸。……賤妾煢煢守空房，憂來思君不敢忘。……」描繪女子思念久滯不歸的郎君，纏綿悱惻，悽楚感人，難以想像此詩竟出自賜死甄后的天子之手。此外他的〈典論・論文〉對建安七子的作品提出類比，並強調「文章，經國之大業，不朽之盛事。年壽有時而盡，榮樂止乎其身，二者必至之常期，未若文章之無窮。……」雖讓千古文人有深獲我心之慨，但對自己兄弟號稱「建安之傑」的才子曹植的逼迫（曹丕死後，曹植幾次寫信給曹叡，欲求為官，曹叡始終不肯，顯然受了曹丕生前的影響），卻也顯露生在帝王之家不顧手足之情的殘酷與冷血。

曹丕雖然只活了四十歲，其文章卻果如自己所言，成了「不朽之盛事」，此點倒是頗有先見之明與自知之明的。

許褚
張遼
徐晃

二十四、許褚、徐晃、張遼

許褚雖非曹魏的五虎將（張遼、樂進、于禁、張郃、徐晃），但也有「虎侯」、「虎癡」的封號。

建安十六年（二一一），馬超、韓遂叛曹，曹操率軍西征，先是西涼兵大勝，後馬超聽說曹營中有一「虎侯」，單挑許褚出戰。兩人大戰兩百餘回合，不分勝負，後許褚索性脫光衣服再戰，直到臂上中了兩箭才退入寨。事後馬超對許褚的評價是：「吾見惡戰者莫如許褚，真『虎癡』！」這就是有名的「許褚裸衣鬥馬超」（《三國演義》第五十九回）。

據《三國志》記載，許褚身長八尺（一八四公分左右），相貌雄偉，力氣過人，不僅曾以石頭擊退賊兵，還拽著牛尾走了一百多步。基本上這樣一個形象應該算是大力士。建安四年（一九九），他曾跟隨曹操討伐張繡，奮勇殺敵一萬餘人。建安五年（二〇〇），官渡之戰時發覺有人欲謀刺曹操，迅速加以擒殺。建安十六年（二一一），討伐馬超之役，曹操危急，許褚先救操上船，再擊殺欲攀船的士兵，船得以減重渡河。

其實無論《三國演義》或《三國志》，都讓人看出許褚被誇張的程度。一是「裸衣」鬥陣；二是拽著牛尾走一百多步；三是奮勇殺敵一萬餘人；四是為救曹操，砍斷攀船士兵的雙手，以減輕重量。如果二、三、四點均屬實，這個曾被曹操喻為「吾之樊噲（劉邦大將）」的「虎侯」，其實是很兇殘的。難怪羅貫中要安排由他殺了曹操的謀士許攸（儘管於史無據），以增加戲劇效果。

徐晃原屬河東楊奉部下，歸曹操後，很快就在官渡之戰建功，參加了誅殺袁紹兩員大將顏良、文醜的戰役。後來在蒲阪津（山西永濟東南）擊敗馬超，使曹操順利渡過黃河，馬超則遠投張魯。此外與劉備的漢中之役臨危受命，擊敗蜀將陳式，使曹軍轉危為安。不過徐晃一生中最具代表性的戰役卻是荊州之役。

建安二十四年（二一九），關羽困曹仁於樊城，水淹于禁七軍，斬龐德，威震華夏。徐晃再度臨危受命，先假稱要切斷偃城（湖南襄陽北）蜀軍的退路，蜀軍自亂陣腳，不戰而退；再以聲東擊西之計——明攻圍頭、暗襲四冢，俟關羽欲救四冢時，徐晃趁機襲之，關羽大敗，失了兩寨，蜀軍自投沔水而亡者極眾（《三國志・魏書・徐晃傳》）。

若和《三國演義》第七十六回「徐公明大戰沔水」相對照，顯然羅氏自創了一段關羽要和徐晃套交情，請其退兵的戲。沒想到徐晃不買帳，和關羽打完招呼，立刻回頭跟眾將說：「若取得雲長首級者，重賞千金！」關羽大驚，問徐晃為何如此，徐晃說：「今日乃國家之事，某不敢以私廢公。」這是少見羅氏讚譽曹操大將之舉。由此可見徐晃公私分明的性格羅氏也注意到了。

徐晃解襄陽、樊城之圍後，曹操曾如此讚曰：「吾用兵三十餘年，及所聞古之善用兵者，未有長驅逕入敵圍者也。」並將他比做春秋時代的兵法家孫武與司馬穰苴（《三國志・魏書・徐晃傳》）。

其實徐晃治軍一向嚴謹，有一次曹操至各軍營巡視，唯有徐晃部隊堅守崗位，無人為爭睹曹操風采而離營觀看，可以想像徐晃每次臨危受命在險中求勝，靠的就是平日嚴謹的戰備訓練。曹操為此，亦再次將他喻為西漢名將周亞夫。

操死後，徐晃曾大敗劉備軍於上庸，並隨司馬懿出戰東吳，擊退覬覦襄陽的諸葛瑾大軍。後卒於軍中，時為魏明帝（曹叡）太和元年（二二七），這樣的一位三朝元老對曹魏來說，真可謂國之重寶矣！

張遼初期跟隨過丁原、何進、董卓，後歸呂布手下。《三國演義》寫呂布在下邳戰敗為曹操擒殺後，張遼毫無懼色正欲引頸就戮，卻為劉備關羽以「忠義之士」說服曹操刀下留人。此段感人至極（第十九、二十回）。

歸順後的張遼不僅忠心耿耿在官渡之戰後替操掃蕩北方領土，討伐袁尚、袁譚兄弟，於建安十一年（二〇六）獲頒「蕩寇將軍」外，並與兩位大將于禁、樂進齊名。後又在遠征烏桓（匈奴）之役中擔任先鋒，再度追剿袁尚、袁熙兄弟，並大敗烏桓。

在多次南征北討屢建奇功下，曹操亦對張遼的驍勇善戰極有信心。以建安二十年（二一五）的合淝（肥）之役為例，當時曹操遠在漢中，以手書指示駐守合淝（肥）的張遼、李典、樂進，若孫權來攻，則由張遼、李典出戰，樂進守城。此一策略的用意是怕孫權大軍壓境，三人守城寡（七千）不敵眾（十萬）。故由張遼、李典先率八百敢死隊衝鋒陷陣，使孫權聞風喪膽，後吳軍果然十幾天都攻不下合淝（肥），只好無功而返。由曹操與張遼間的一封書信可以想見君臣相知之深。

不過在《三國演義》第六十七回「張遼威震逍遙津」這一段，羅氏寫「李典素與張遼不睦」，後來見張遼堅持出戰，才捐棄成見，與張遼同去迎敵。此事雖不見於《三國志》的〈張遼傳〉與〈樂進傳〉，但在〈李典傳〉中卻是這樣記載的：「進、典、遼皆素不睦，遼恐其不從（出戰），典慨然曰：『此國家大事，顧君計何如耳，吾可以私憾而忘公義乎！』」看來不僅曹操老謀深算，知道這三員大將不好分配，乾脆下條子指明誰守城誰出戰，連羅貫中亦看出問題所在，乾脆說是李典與張遼不和，再由李典說出「願聽指揮」的話，其結果是皆大歡喜。其實曹操既然已安排樂進守城，這很明顯的表示他不願意樂進出戰，翻開樂進建功史，只有一次攻打北方高幹（袁紹外甥）時，在壺關（山西長治東）受阻，後經曹操率軍親征，才拿下壺關。是否這一次讓曹操有了印象不得而知，但至少決定讓個性謙遜的李典隨張遼出戰，是極為成功的決策。

合淝（肥）一役在逍遙津（合肥東北）以寡擊眾，讓孫權知難而退後，曹操於第二年（建安二十一年）前往巡視戰場，曾佇立良久，且嘆息不已，接著迅速調撥軍力增援張遼的守備，由此可知合淝（肥）戰場的不利與兇險。張遼和李典以八百壯士之英勇為曹操穩下了與東吳的疆界，算是居功厥偉。張遼因此被封為「征東將軍」，實至名歸。不過細究張遼一生，很多三國專家還是看出了他因非夏侯（曹操原姓）家族成員，無論表現多麼英勇睿智，所受待遇還是無法和夏侯淵、曹仁等人相比。以張遼死後（黃初三年），曹丕於黃初六年（二二五）才賜其一子為關內侯，可以得知張遼子孫所受待遇是遠不如夏侯家族子孫的每一成員。

看許褚、徐晃、張遼一生，多數的時間都在戰場上為曹操廝殺拼鬥，這對現代人而言，幾乎是不可能的事。這也是西方人看三國最大的挑戰：必須從出生入死看出當時中國人的價值觀，因為怎麼活與怎麼死都蘊含著對這個文化的認知與了解。尤其是在三國故事即將進入尾聲時，東西方文化在此碰撞得更為激烈，有人說中國人是以個人的生命完成家國社會的期望，違反這樣的法則，全家族都會感到羞恥。有人則對此難以苟同，認為這是整個社會在長期發展中，權力結構、性別傾向過度偏頗所致，且造成一般人必須服從單一準則，而此單一準則和今日的多元化相對照，更可想見昔日的「英雄」是如何一步步走向符合社會期待的角色。無論如何，和今日台灣急欲脫離社會枷鎖的「御宅族」相較，東西方學生則一致同意三國故事的可歌可泣，全在於當時的人對國家有一種無私的奉獻，雖然犧牲了個人，卻以大局為重，而這正是今天御宅族做不到的事。在多元化的社會發展下，現代人有權選擇自己想要過的生活方式，但在體驗了自由之後，更應感念前人的犧牲奉獻，才讓我們有了另一種選擇。

司馬昭
王朗
馬謖

二十五、司馬昭、王朗、馬謖

看司馬昭、王朗與馬謖的出現，應知三國故事已進入尾聲。

司馬昭家族雖在三國晚期拿下曹魏的政權，並一統中國，其實他們的奪權之爭比篡漢的曹氏家族不遑多讓。以魏齊王（曹芳）嘉平元年（二四九）的高平陵政變為例，基本上就是由司馬懿一手長期策劃的，他不僅誅殺了專權的曹爽家族，剷除了曹魏政權的班底，同時也為司馬昭奠定了接班的基礎。司馬昭真正開始掌權是在其兄司馬師病卒那年（西元二五五年），直到他擔任相國（西元二五八年），中間歷經對蜀漢姜維的討伐以及魏將諸葛誕的反叛，後在西元二六〇年宮廷亦再度發生政變，不過此次卻是由高貴鄉公曹髦（曹丕之孫）率領親信討逆司馬昭。很不幸地，曹髦被擊殺，司馬昭則另立曹奐（曹操之孫）為帝，自己封為晉王。西元二六三年魏滅蜀後，二六五年司馬昭卒，同年其子司馬炎逼曹奐讓位，建立了西晉王朝。

羅貫中根據司馬昭掌權十年所發生的兩次重大事件寫成了「諸葛誕義討司馬昭」（第一百一十一回）與「曹髦驅車死南闕」（第一百一十四回），極為壯烈悲慘。前者諸葛誕見魏國兩位老臣王淩（反司馬懿）、毌丘儉（反司馬師）慘遭滅門之禍，對司馬昭已心懷不滿，遂於壽春（安徽壽縣）舉事，進行叛變。司馬昭於魏高貴鄉公甘露二年（二五七）率大軍討伐，諸葛誕麾下數百人死前皆曰：「為諸葛公死，不恨。」其忠義程度可想而知。後者即三年後的曹髦討逆司馬昭，行前他說出傳世名句「司馬昭之心，路人所知也。」（《三國志・魏書・高貴鄉公髦》注引《漢晉春秋》）死時年僅二十歲。

由這兩起與司馬昭相關的歷史事件，可以得知司馬家族剷除異己的手段和曹魏家族相較，只有過之而無不及。可惜到手的權力在匈奴族劉淵崛起（西元三〇四年）後，很快地成了過眼雲煙。也就是從西元二六五年西晉取得政權後，到西元二八〇年滅吳以及西元三〇七年南渡，其真正統一中國的時間不過二十多年，司馬氏一族的統治徒留歷史的罵名不說，還讓北方再度進入混亂的局面（五胡亂華）。

王朗被諸葛亮罵死的故事，也是羅氏的經典之作。魏主曹叡太和元年（二二七）十一月，王朗隨大都督曹真出征，途中王朗自薦能用一席話說降諸葛亮。後王朗果於陣前喊話，以「順天者昌，逆天者王」叫諸葛亮「知天命、識時務」，並且「倒戈卸甲，以禮來降，不失封侯之位。」諸葛亮聽了大笑，先回稱沒想到一位漢朝大老元臣竟說出如此鄙俗之話來，接著反唇相稽：「廟堂之上，朽木為官，殿陛之間，禽獸食祿。狼心狗行之輩，滾滾當朝；奴顏婢膝之徒，紛紛秉政。以致社稷丘墟，蒼生塗炭。」最後罵王朗「既為諂諛之臣，只可潛身縮首，苟圖衣食，安敢在行伍之前，安稱天數耶！皓首匹夫！蒼髯老賊！汝即日將歸於九泉之下，何面目見二十四帝乎！」果然王朗聽罷，立時氣絕於馬下（《三國演義》第九十三回）。

當然這是一段於史無據的創作。王朗基本上是一位好臣子，曹操時代掌管司法，主張刑罰從輕；曹丕時代建議減少勞役，注重法治；曹叡時代諫領導人應崇尚儉樸，約束自己及家人。這樣的三朝元老與諸葛亮口中「諂諛之臣」是有一段距離的，不過羅氏藉此機會把普天下尸位素餐者都痛貶一番，替小老百姓出了一口怨氣，倒也未嘗不可，只是委屈了王朗。

「失空斬」是平劇中知名的三段戲碼——失街亭、空城計、斬馬謖。故事的主角看似馬謖，其實是指諸葛亮一生最嚴重的失誤。羅貫中抓住這個議題，從第八十七回馬謖說出用兵之道「攻心為上，攻城為下；心戰為上，兵戰為下」，獲諸葛亮之讚嘆，受重用開始，一直寫到第九十六回被斬，共用了十回去推演，果然精彩叫座。其實按《三國志》，諸葛亮初出祁山伐魏（西元二二八年春），未派老將魏延、吳壹已受非議，後又讓「言過其實，不可大用」（劉備語）的馬謖任先鋒，果然兵敗街亭（有兩種說法，一為甘肅秦安東北，一為陝西固城西），失去漢中（陝西南鄭）的咽喉。諸葛亮引咎辭職外，並下馬謖獄，同年馬謖死，年三十九。諸葛亮為此痛哭流涕。

馬謖之死雖引得不少史學家的探討，像東晉史學家習鑿齒就對諸葛亮斬馬謖不以為然，認為是「殺其俊傑」、「殺有益之人」。不過馬謖臨終前曾致書諸葛亮：「明公視謖猶子，謖視明公猶父，願深惟殛鯀興禹之義，使平生之交不虧於此，謖雖死無恨於黃壤也。」（《三國志・蜀書・馬良傳》注引《襄陽記》）這表示馬謖已視死如歸。不過按《三國志・蜀書・向朗傳》，可知「朗素與馬謖善，謖逃亡，朗知情不舉，亮恨之」，顯然諸葛亮最後決定斬馬謖是因其畏罪潛逃，不得已也。以這樣的「英才」受重用，諸葛亮難辭其咎矣！

雖然「失空斬」中的空城計純屬虛構，但最引人處即在於孔明知街亭大敗後，為化解司馬懿大軍壓境的危機，設計焚香操琴坐於城樓上，以四兩撥千斤之法退敵一幕，在機智中充滿深刻的反省意味。所謂反省是指馬謖之失源自孔明之過，為承擔後果，他傾全力補救，發揮「知其不可而為之」與「置個人生死於度外」的人格特質，終於搶回一座城池，如何不令人動容？再對照《三國志‧蜀書‧諸葛亮傳》，孔明當時上疏給後主（劉禪）：「臣以弱才，叨竊非據，親秉旄鉞，以厲三軍，不能訓章明法，臨事而懼，至有街亭違命之闕，箕谷不戒之失，咎皆在臣授任無方。臣明不知人，恤事多闇，《春秋》責帥，臣職是當。請自貶三等，以督闕咎。」一再承認自己的疏失，這樣的人格特質又如何不吸引羅氏為其創作出深刻自省的空城計？

儘管此空城計於史無據，但其心思縝密、結構嚴謹處，以及對世人產生的典範作用，至今看來，仍讓人有「不虛此構」之嘆！

司馬懿
郝昭
張郃

二十六、司馬懿、張郃、郝昭

司馬懿雖然很早就向曹操靠攏，但真正開始受重用是在曹丕時代。建安二十五年（二二〇）曹操死，司馬懿等人以「漢室衰、國統絕」進言曹丕禪代，從此成為核心幕僚，不過要到曹叡時代他才真正建功立業。

太和二年（二二八）司馬懿的首功是平定孟達在上庸（湖北竹山西南）的叛變，此役化解孟達與蜀軍會合，由上庸直攻洛陽的危機。接著是太和五年（二三一）與諸葛亮在祁山（甘肅禮縣東北）交鋒，雖然表面吃了敗仗，失了大將張郃，但其實牽制住蜀軍北伐的動線，諸葛亮終因糧盡，無功而返。其次是青龍二年（二三四）再與諸葛亮對陣於渭水南岸，司馬懿堅守不出拖住蜀軍，同年諸葛亮死於五丈原，長達七八年的魏蜀征戰終於暫時落幕。最後是景初二年（二三八）平定遼東公孫淵之亂，終結公孫淵與東吳結盟的計畫。

景初三年（二三九）魏明帝曹叡死後，因曹爽專權，司馬懿稱病歸隱（西元二四七年），兩年後精心策劃一場政變，趁曹爽兄弟與曹芳拜謁曹叡陵寢（高平陵）時，佔領皇宮，並假太后詔，罷免曹爽兄弟職位，迅速掌權後，曹魏勢力垮台，司馬家族崛起。司馬懿於平定王淩之亂（西元二五一年）後卒。

從曹爽事件可以看出司馬懿的兩個人格特質——「忍」與「詐」。前者曹叡死時（西元二三九年）託孤給司馬懿與曹爽，司馬懿先不與曹爽交鋒，俟曹爽專權後，又稱病隱退，直到西元二四九年發動政變，一舉殲滅曹爽家族，前後可謂隱忍了十年，實在可怕。後者《三國演義》以第一百零六回的「司馬懿詐病賺曹爽」表達得最入骨。那時曹爽派荊州刺史李勝去探聽司馬懿的病情，司馬懿以耳聾與進湯時口涎滿襟呈現衰老病篤之狀，李勝據實回報，曹爽聽了大喜，直說無憂矣（《晉書・宣帝紀》亦有此段記載）。

此外從兩次的屠城事件亦可看出司馬懿手段之殘酷。一是太和二年（二二八）平定孟達之亂，屠上庸城；一是景初二年（二三八）平定遼東之亂，屠襄平（遼陽）城。

如此人格特質，只想當富家翁的曹爽，如何鬥得過？

張郃原屬韓馥、袁紹手下，官渡之戰諫袁紹應派重兵救援烏巢，袁紹不聽，反以重兵攻擊曹操大營，後果然兵敗。張郃憤而轉投曹操，操得張郃，高興地喻為韓信依附於漢朝。

若從建安五年（二〇〇）官渡之戰算起，到太和五年（二三一）張郃戰死於木門（甘肅天水西南），這位曹操手下的五虎將之一，可謂大半生的時間都在為曹魏政權南征北討。雖然他曾在留守漢中時，為張飛所敗，但多數戰役中，其實都是常勝將軍。建安二十三年（二一八）劉備駐守陽平（河北大名東），率一萬精兵猛攻張郃部隊卻無法獲勝；有名的街亭之役（二二八）張郃因大敗馬謖，扼住通往漢中的咽喉。能守能攻的張郃在陳壽筆下是這樣的：「郃識變數，善處營陣，料戰勢地形，無不如計，自諸葛亮皆憚之。」（《三國志・魏書・張郃傳》）由此可知張郃的謹慎自持以及作戰時的胸有成竹。

可惜《三國演義》因尊劉抑曹的立場，不僅刪除他擊退劉備的那場戰役，而且將街亭之役敗馬謖的功勞移花接木到司馬懿身上，明顯對張郃不公。

此外張郃之死亦令人覺得惋惜。太和五年（二三一），諸葛亮第五次北伐，張郃率兵禦之，後諸葛亮糧盡而退，司馬懿使張郃追之，張郃認為「歸軍勿追」，司馬懿不聽，致使張郃於木門道中伏，死於軍中（《三國志・魏書・張郃傳》注引《魏略》）。

按《三國演義》，張郃之死的原因是輕率躁進，這與《三國志》裡僅得作戰部署的張郃形象出入太大。儘管羅氏後來亦安排司馬懿聞張郃之死，說「吾之過也」，但已挽回不了一個失誤軍令下冤死大將的生命（第一百零一回）。

郝昭在《三國演義》中上場很晚，那時司馬懿料定諸葛亮必攻陳倉（陝西寶雞東），遂薦郝昭把守。果然諸葛亮第二次北伐（西元二二八年秋）就引兵出散關（寶雞西南），圍陳倉。諸葛亮花了二十幾天攻城，上雲梯，攻衝車，掘地道，蜀軍死傷累累，陳倉固若金湯。後諸葛亮終因糧盡而退（第九十六、九十七回）。

不過後來羅貫中又演繹出諸葛亮第二次攻陳倉，也就是第九十八回的「襲陳倉武侯取勝」，可惜於史無據。

陳倉之戰，諸葛亮不是不明白「攻城為下」的用兵之道，未戰之前即派郝昭同鄉靳詳前往說降，郝昭回應：「魏家科法，卿所練也。我之為人，卿所知也。我受國恩多，而門戶重，卿無可言者，但有必死耳。卿還謝諸葛，便可攻也。」（《三國志・魏書・明帝紀》注引《魏略》）明顯看出抱著必死的決心。雖然如此，諸葛亮仍不死心，再派靳詳前往，答案一如從前，諸葛亮只好下令攻城。明帝（曹叡）得知，派張郃前往救援，張郃深知諸葛亮缺糧，遂告知：「比臣未到，亮已走矣。」由此可知，魏軍對蜀軍所進行的陳倉之戰其實是胸有成竹，智珠在握，不怕諸葛亮不退。

至於陳倉城內的郝昭又是如何擊退諸葛亮的蜀軍？

他先以火箭攻射雲梯，燒死梯上士兵；再以繩綁石磨，墜毀衝車；接著內築重牆，以避由戰壕爬入城內的蜀軍；最後鑿橫溝以攔截蜀軍所挖之地道。諸葛亮最後無計可施，只好知難而退。

可以說陳倉之戰沒有郝昭化守為攻，主動出擊，以其數千人的守備，要抵擋諸葛亮數萬大軍的進攻，能撐多久，誰也不知道，難怪明帝憂心。

郝昭成功守住陳倉後，獲明帝召見，正欲大用，可惜不久即病逝，死前「遺令戒其子凱曰：『吾為將，知將不可為也。吾數發塚，取其木以為攻戰具，又知厚葬無益於死者也。汝必殮以時服。且人生有處所耳，死復何在邪？今去本墓遠，東西南北，在汝而已。』」（《三國志・魏書・明帝紀》注引《魏略》）

這讓我們看到郝昭因長年在外征戰，體悟到「將之不可為」與「厚葬之無益」。前者或因爭戰殺人無數，罪孽深重；後者則因挖掘棺木作為戰具，對死者大不敬，致使郝昭從此看淡身後事，僅要求子孫以時服入殮（穿上平時的衣服入棺），且東西南北均可安葬。真可謂隨遇而安的實踐者。

郝昭雖為七十八位三國人物最後出場的一位，可是他的人生哲學卻讓我們感慨良多，一個生時盡忠職守，死時不執一物的大將，個人修為竟如此前衛而灑脫。穿越一千多年的歷史時空，近距離地看三國許多不同類型的風雲人物時，為國盡忠可以說都是他們共同的人格語彙，但若從其中一段事蹟或一段紀錄去深究他們的性格特質時，每個人都像生龍活虎般從歷史中跳躍出來，對我們訴說那一段久遠而又鮮活的記憶，這是寫三國人物時不斷有的一種感動。隨著郝昭故事的結束，由衷地希望這種感動可以一代一代地傳下去，歷久而彌新。

後記

《畫說三國人物》前後寫了一年多，有一次寫到建安五年（二〇〇）的官渡之戰，曹操派人燒袁紹屯於烏巢的糧草，在翻閱《三國志集解》時，正巧看到胡三省注，其中《一統志》中特別介紹烏巢，說原本叫烏巢澤，位於河南衛輝府延津縣東南。這使我相當震撼，因二〇〇五年五月底，我與外子曾陪伴母親前往河南老家衛輝府（現稱衛輝市）一遊，當時由於行程緊湊，未能久留，以致無法細賞這個在三國時代曾為重要戰役的據點。返台後不久，我很快投入《三國演義》教材的準備工作，去年竟然以一年的時間去完成七十八位三國人物的簡介，自己想來都覺不可思議。只能說兩年前的河南之旅，衛輝府的先人，在冥冥之中，助了我一臂之力。

桃源寫於二〇〇八年元旦

畫說三國人物

2008年5月初版　　　　定價：新臺幣220元

著　　者　吳　桃　源
發 行 人　林　載　爵

出 版 者　聯經出版事業股份有限公司
台 北 市 忠 孝 東 路 四 段 5 5 5 號
編輯部地址：台北市忠孝東路四段561號4樓
叢書主編電話：(02)27634300轉5050
發　行　所：台北縣新店市寶橋路235巷6弄5號7樓
電話：(02)29133656
台北忠孝門市：台北市忠孝東路四段561號1樓
電話：(02)27683708
台北新生門市：台北市新生南路三段94號
電話：(02)23620308
台中門市：台中市健行路321號
電話：(04)22371234ext.5
高雄門市：高雄市成功一路363號
電話：(07)2211234ext.5
郵政劃撥帳戶第0100559-3號
郵撥電話：27683708
印 刷 者　世和印製企業有限公司

叢書主編　方　清　河
校　　對　馮　蕊　芳
封面設計　蔡　婕　岑

行政院新聞局出版事業登記證局版臺業字第0130號

本書如有缺頁，破損，倒裝請寄回發行所更換。
ISBN 978-957-08-3273-0（平裝）
聯經網址：www.linkingbooks.com.tw
電子信箱：linking@udngroup.com

國家圖書館出版品預行編目資料

畫說三國人物/吳桃源著．初版．臺北市．
聯經，2008年（民97）；208面；14.8×21公分．

ISBN 978-957-08-3273-0 .(平裝)

1.三國演義 2.研究考訂

857.4523 97007898